Oscar bestsellers

Dello stesso autore

nella collezione Oscar

Anima amante
Gli anni struggenti
Attraverso il tuo corpo
La califfa
Una città in amore
Un cuore magico
Il curioso delle donne
La Donna delle Meraviglie
L'Eros
La festa parmigiana
Gialloparma
Il gioco delle passioni
La grande Giò
Lettera alla madre sulla felicità
Una misteriosa felicità
Parma degli scandali
Questa specie d'amore
Una scandalosa giovinezza
I sensi incantati
Sorrisi dal mistero
Umana avventura
Il viaggio misterioso

nella collezione Lo specchio

Legame di sangue

ALBERTO BEVILACQUA

TU CHE MI ASCOLTI

A mia madre, dopo il suo addio

OSCAR MONDADORI

I edizione Scrittori italiani e stranieri ottobre 2004
I edizione Oscar bestsellers maggio 2006

ISBN 88-04-55152-6

Questo volume è stato stampato
presso Mondadori Printing S.p.A.
Stabilimento NSM - Cles (TN)
Stampato in Italia. Printed in Italy

www.albertobevilacqua.net

www.librimondadori.it

Tu che mi ascolti

PARTE PRIMA

Prologo

Mio padre sposò mia madre quattro anni dopo la mia nascita.

Per quattro anni, lei aveva aspettato, nella situazione più critica della sua esistenza. Lui, giovane ufficiale dell'Aviazione, aveva volato qua e là per il mondo, conquistando trofei con le sue acrobazie nei cieli, e ragazze con la sua prestanza fisica, la sua divisa azzurra. Dopo la morte di mio padre, mia madre prese a trascinarmi in soffitta. Apriva la cassetta segreta in cui mio padre aveva conservato le cose per lui più preziose. Mi incuriosivano i mazzi di fotografie. Mi affascinavano, in particolare, le immagini della tangherìa Ballo Gardenia e dei miei genitori col numero sulla schiena durante le gare di tango. Aggiungendo ogni volta nuovi particolari, e forse qualche tocco di fantasia, mia madre riprendeva a raccontarmi come lui e lei erano tornati a incontrarsi dopo quattro anni, e a decidere il matrimonio.

Un racconto, a modo suo, sulla fatalità di un amore.

Ascoltavo queste minuziose descrizioni con pazienza. Sapevo, infatti, che lei non le rivolgeva a me, ma a se stessa. Erano lo sfogo di una donna che, a lungo, non aveva potuto aprirsi con nessuno. Si era ammalata di una grave depressione quando io avevo quattordici anni.

... Lei restava al Ballo Gardenia anche quando tutti se n'erano andati, si aggirava, senza voglia di rincasare, e in una mattina di giugno seppe che nella camera di sopra c'era lui, mio padre, disteso in un letto. Vedendola apparire, si sollevò puntandosi sul gomito, sorpreso che la solitudine, a cui si era arreso col proposito di restarne prigioniero, avesse creato come dal nulla il suono dei suoi passi, la sua figura, con la testa bassa e un groppo in gola.

Lisa e Mario...

Avvertirono entrambi la solitudine come un idolo capriccioso, sia quando separa che quando unisce. Lei gli ricambiò l'occhiata. Un orologio a muro sembrava mandare più forte il suo tic-tac, per dare maggior risalto a quelle ore che sarebbero rimaste memorabili.

Mia madre notò su un tavolo la statuina che rappresentava la Vittoria Alata, un ultimo trofeo. La vide nemica. La impugnò e gliela scagliò contro. A mio padre bastò una mossa per schivare il colpo, e la statuina, dalla parete, rotolò sul pavimento senza spezzarsi, senza provocare nulla. Lasciava intendere quanto fosse superfluo ogni gesto che cercasse di opporsi al volere della solitudine, che aveva decretato la fatalità del loro incontro.

«Perché?» le chiese.

«Perché vorrei ucciderti.»

«Perché?» le chiese di nuovo.

«Per uccidere, in te, tutti quelli che, quando tu non c'eri, hanno tentato di uccidere il figlio che mi portavo in pancia.»

C'era un grande silenzio, nel Ballo Gardenia. Se ne sentivano scrutati, quasi uno sguardo fisso su di loro abbracciasse la stanza. Sollevarono la testa e, a loro volta, scrutarono intorno, per rispondere con gli occhi a quello sguardo che li soggiogava, manifestargli che avevano coscienza della sua presenza e della sua forza.

Mio padre avrebbe voluto alzarsi dal letto e andarsene per i fatti propri. Lei chiudersi al buio e piangere. Quando la solitudine li precedette: si trasformò in sirena, perché qualcuno, di sotto, mise il disco di un tango, e portò una malìa argentina che racchiudeva la melodia della vita quando la sentiamo allontanarsi, lasciando dietro di sé, e in noi, il timore di esserne esclusi per sempre, di non poter più rispondere, col nostro ritmo, alla bellezza del suo.

Mio padre si alzò, avanzò verso mia madre e la invitò con galante ironia.

«Io non ho nessuna voglia di ballare» gli disse.

«Neanch'io, forse» le rispose.

Eppure la prese per la vita e bastarono pochi giri. La solitudine operò il più semplice dei suoi giochi di prestigio. Ciascuno dei due si accorse che non anticipava e non seguiva l'altro: giravano all'unisono, come se avessero continuato a ballare insieme per quei quattro anni. Erano capaci di leggersi negli occhi la sintonia che li muoveva, e questa sintonia provocava, in entrambi, un ritorno immenso nella confidenza. Il tango incalzava. E a mia madre sembrò di lasciarsi alle spalle la sua figura di poco prima, sperduta nella tangherìa, con una valigia in mano e il pensiero che se ne andava col "Va' pensiero" dei coristi che stavano finendo le prove nella Corale di fronte.

La vedeva, quella figura, un'altra da lei, che si rimpiccioliva, sempre più remota su una riva da cui era scampata, che faceva il gesto, ormai inutile, di restituirle la valigia, e con la valigia la disperazione per gli inganni subiti, il vuoto che le si era parato davanti.

Come se fosse trascorso un lungo tempo. E non erano passati che pochi minuti. Perché si sentiva così leggera, salvata?

Il tango cessò.

Mio padre avrebbe voluto dirle: "È sempre piacevole ballare con te. Grazie di questo ballo e addio". Ma la solitudine gli fece morire le parole sulle labbra. Essa si esibì, stavolta, da piccolo e prodigioso saltimbanco che, eseguita una capriola, si trasformava in gigante.

Mai avevano provato, così arrabbiata, la voglia di fare l'amore. Era qualcosa di assoluto, che prescindeva da loro stessi, come se la stanza, stregata, ne fosse il contenitore, e la loro amorosa partecipazione un elemento, non diversamente dalla luce, dai muri. L'idolo della solitudine aveva bisogno del loro rito, lo esigeva.

Si verificò l'identico fenomeno del ballo. Mio padre stava dentro di lei, e lei si rendeva conto che, dentro, dove anch'io ero stato, lo portava da sempre. L'unisono tornava, perfetto. Nel tradurre in atti i desideri, nessuno dei due anticipava o seguiva l'altro... Mio padre scivolò via da mia madre. Nella solitudine si stavano insinuando le prime ombre della sera, un gran chiasso di passeri e, ancora, la malinconia che rende irresistibile il piacere di vivere.

Fissando le pareti, con le mani sotto la nuca, mio padre mormorò:

«Ci lasceremo con un bel ricordo in più.»

Si aspettarono la sfinitezza del dopo, lo svanire della tensione.

Ma più aspettavano di esserne liberati, più resisteva quel desiderio che, dopo, per mantenersi fantasioso senza le provocazioni dei sensi, non può che attingere alla grazia dell'anima e della mente. Ne nascevano, profonde, sia la necessità di conoscere reciprocamente le loro vite, sia l'intelligenza per capirle. Si raccontarono di sé, si capirono. Quando si baciarono per la prima volta con il puro bisogno di baciarsi, lo fecero sotto la spinta delle tante identità che li accomunavano e combaciavano alla perfezione.

Scese la notte. È tardi, si disse mio padre, pensando all'aereo che l'aspettava e l'avrebbe portato lontano. È presto, si disse mia madre, pensando all'amarezza che avrebbe dovuto riprendere al volo, come mio padre il suo aereo, per non andare da nessuna parte.

«Ti vesti prima tu?»

«Prima tu.»

I vestiti stavano disseminati a terra, nella luce della luna. La solitudine si produsse in un'ultima metamorfosi. Nella propria divisa, mio padre vide il vuoto dei cieli: quando vi penetrava più a fondo, lo faceva sentire un corpuscolo senza più identità, senza più un legame con la terra. Nella sua veste, mia madre vide il sole che batteva sugli argini, le immense nevicate, e lei stessa che diventava una pietra rovente o una statua di neve.

Si trovarono così, senza volerlo, nella posa di chi si dispone a dormire insieme sul medesimo fianco, e subito provarono il piacere di insinuarsi l'uno alle spalle dell'altra, aderendo mio padre alla sua schiena e alle sue natiche, spingendo le gambe fra le sue gambe, facendo combaciare i piedi, come se si appoggiassero su un gradino che sollevava verso il sogno, un poco più su delle cose...

Mia madre capì che è il massimo se un uomo, in questa posizione, tiene per il ventre una donna e riesce a consolare in lei, e in se stesso, la sensazione di quando, ciascuno dei due, per il ventre si teneva da solo, in un letto senza compagnia, immaginando però che la propria delusione fosse divisa, riscattata, da una presenza invisibile e complice. Dormirono, respirando con un respiro che era di nuovo rispetto dei ritmi reciproci, e con uno dei suoi presentimenti lei seppe che sognavano insieme con sogni simili, cadevano insieme in uguali intervalli di buio e di ansia.

Insieme si svegliarono il mattino seguente.

E mio padre esclamò, rivolgendosi alla solitudine che li circondava:
«Non possiamo farci niente. Così è. Così dev'essere.» Sorrise, stringendole la mano: «Così sia, allora».

Mia madre commentava il suo racconto:
«Sai cos'era quella solitudine che... Eri tu. Era l'idea di te, la tua ombra.»
... La cassetta segreta conteneva anche il cappello di mio padre, il cappello azzurro di ufficiale aviatore, che conservo come una reliquia. Da bambino me lo mettevo in testa, sedendomi a terra, rannicchiandomi con le spalle al muro. Mi calavo la visiera sugli occhi. Dentro quel cappello mi pareva di staccarmi da terra come mio padre che mi diceva:
«Io porto, lassù, il volo della mia mente.»
Innamorato dapprima dell'aliante ("che ti fa scivolare nel sogno" confessava, "che è il sogno che plana con te, e le sue ali da colomba sembrano sbucarti dall'anima"). Poi capace di acrobazie, coi fragili velivoli, tanto da esibirsi come acrobata per rallegrare gli spettatori. La gente lo applaudiva, e lui da funambolo si prendeva licenze, spostandosi come un falco rovesciato sulla città, dove sfiorava i campanili, il Duomo e il Battistero, rasentava i tetti delle case, e tutti vedendolo capovolgersi, concedersi giravolte da ballerino, esclamavano:
«È il Mario! Quel matto di Mario.»
Io, ancora, facevo volare i miei aeroplanini di carta. Dal banco di scuola, volteggiavano nell'aria della classe; i compagni staccavano gli occhi dai libri, scoppiavano a ridere quando l'aereo di carta finiva dritto in fronte alla maestra. Già avevo una mia perizia alata. E sopportavo con un'alzata di spalle il grido:

«Fuori!»

Avanti e indietro per il corridoio, le mani in tasca, fantasticavo allegramente sulla bonaria profezia paterna: "Un giorno andrai anche tu per le tue nuvole. E capirai cosa significa".

Mio padre e mia madre si erano sposati regolarmente in chiesa.

Ma poi c'era stata una "mattinata di mattana degna di quei due, che poteva uscire soltanto dalla testa di quei due".

Mio padre, infatti, aveva proposto una seconda versione delle nozze precisando:

«Con più allegria. E più vicino a Dio.»

Nella cassetta segreta, molte fotografie illustravano l'impresa. Pareri discordi, ovviamente:

«Degna dell'Ariosto.»

«Una ragazzata irriverente.»

«È giusto vivere la fede con spirito.»

«C'era in noi un cuore pulito» commentava mia madre. «E poi lui era contento come un bambino.»

Rivedo l'aeroplanino addobbato con festoni, scie di rose, trascinati fra le nuvole. Il prete, altro strambo, ovvio, fissato col cielo e le ali non solo degli angeli, rideva per primo di quella piccola follia. La cerimonia, tuttavia, fu ineccepibile. Fra parenti e curiosi, una folla, guardavo il matrimonio a naso in su, dal centro di una piazzetta. E tutti mi davano importanza, mi sollevavano come un trofeo. Ero il figlio di due parmigiani dalla fede fantasiosa, spericolata.

... Sul fondo della cassetta sbucava una fotografia che mia madre cercava di nascondere. Non dimenticherò mai quell'immagine. Una ragazza si trascinava carponi, il volto girato di scatto al lampo della macchina fotografica che l'aveva colta di sorpresa, una ragazza in avanzato stato di gravidanza. Con una mano si teneva il ventre pieno del proprio figlio, con l'altra impugnava lo strofinaccio per pulire il pavimento, le dita conficcate nel tessuto. Una scritta sul retro: "Perché insisti a distruggere così la tua bellezza?".

Sul volto della ragazza, infatti, nella superficie frammentata da luci e ombre proiettate da una finestra, i tratti disegnati con armonia apparivano alterati dallo sforzo, umiliati da quel lavoro degradante, il sudore scendeva a spegnere il brillìo degli occhi, le labbra erano deformate da una smorfia: sdegno, rabbia, dolore fisico. Le nocche della mano che comprimeva il ventre erano bianche.

«Sei tu?» le chiedevo. «Dimmi se sei tu.»

Mia madre mi sfilava la foto di mano senza rispondere, la riponeva sul fondo coprendola con gli oggetti, poi chiudeva svelta la cassetta.

Per anni, quella foto si è fatta strada fra le mie ipotesi, nella parte della mia mente su cui anch'io non avevo il controllo. Di chi aveva usato la macchina fotografica, si notava l'ombra sul pavimento tirato a lucido alle spalle della ragazza inginocchiata, ancora da pulire dove lei stava inoltrando lo strofinaccio. L'ombra di un uomo...

Un giorno afferrai l'immagine con un gesto rabbioso, e la tenni stretta fra le dita. Mia madre non riuscì a strapparmela. La tempestai di domande:

«Dimmelo, finalmente, cosa significa! Chi ti ha scattato questa fotografia? Chi ha scritto questa frase? E perché mio padre l'ha nascosta sul fondo, come se fosse un suo rimorso?»

Per la prima volta, mia madre reagì aggressiva. Conobbi per la prima volta le mutazioni repentine del suo umore che dovevano accompagnare, in seguito, le crisi della sua malattia. Mi guardò con occhi cattivi, mentre mi rendevo conto che il suo rancore non investiva me bensì il momento della sua gioventù che la fotografia aveva fissato. Corse via. Mi costò uno sforzo raggiungerla, placarla. Me la presi fra le braccia. Si dibatteva:

«Guardami. Guarda le mie mani. Non c'è più la fotografia. Ma ora calmati.»

Alla fine si abbandonò contro di me. Cominciò a raccontare:

«Nessuno ti voleva, garibaldino. Nemmeno tuo padre, che poi ha saputo lavarsi la coscienza, ed è stato un buon padre. Nessuno ti voleva, solo io... Mi sarei fatta ammazzare piuttosto che liberarmi di quella pancia piena di te... Per campare, pulivo i pavimenti, andavo di casa in casa a fare le pulizie per i benestanti, non avevo altro lavoro. A diciott'anni, pensa. A quei tempi, una ragazza che restava incinta senza marito, la punivano, assurda l'idea di aiutarla con un lavoro decente, non le restava che affondare nella sporcizia altrui. Mi trascinavo sulle ginocchia anche in case sontuose, quella del Mora per esempio, soprattutto in quella, perché il Mora, che aveva due fabbriche, mi pagava di più, soldi che erano una salvezza per me, e mi pagava di più perché di me si era presa una fissa, che poi gli è rimasta tutta la vita.

Mi arrivava alle spalle, si accomodava in una poltrona, mi guardava sputare sangue sul pavimento del suo salone. Cominciava:

"Il figlio di quel fascista è solo degno di un aborto. Il Mario ti ha messo nei guai e non ti pensa più. Lui pensa alla sua collezione di femmine. Ha un sacco di donne, Mario il fascista. Buttalo a mare, quel figlio."

Mi avrebbe coperta d'oro, se l'avessi accettato. Era anche un bell'uomo, il Mora, e capivo che la sua fissa era sincera. Ma io amavo tuo padre, anche se non si faceva vedere, il mio sesto senso mi diceva molte cose di lui, e al mio sesto senso ho sempre dato retta perché non mi ha mai ingannato, così intuivo la vera natura dello sbandamento di tuo padre, sicura che mi sarebbe tornato accanto... Trascinavo lo strofinaccio e lo spazzolone, poi mi fermavo, e mi tenevo la pancia piena di te, per non farla strisciare sul pavimento, avevo una rabbia in corpo che diventava l'energia di un gigante, mentre il Mora e gli altri insistevano, e se il Mora insisteva a parole, agli altri glielo leggevo negli occhi:

"Quel figlio ti sta togliendo la gioventù, perché vuoi essere tu a rimetterci la vita? Perciò liberatene, uccidilo, che vuoi che sia? Questione di un attimo, lo fanno tutte quelle che si trovano nelle tue condizioni. E subito torni Lisa la bella, che non c'è uomo che non vorrebbe averti."

E io a dirmi: se nessuno lo vuole, questo figlio, io vi dimostrerò che siete dei cani! Lo farò bello, mille volte più bello dei figli vostri... Comunque non m'importava né della fatica che mi stroncava né del giudizio altrui... Un giorno il Mora mi scopre con gli occhi alzati alla finestra dove non si vedeva niente nel mare bianco, perché era una gran giornata di nebbia, e lui mi fa:

"Ti ha preso l'ispirazione? Hai finalmente deciso di farlo fuori?"

Gli ho scagliato lo strofinaccio in faccia, e lui neanche si è preso la briga di toglierselo, rideva sotto la maschera dello strofinaccio, rideva e ripeteva:

"Cascherai dal pero, Lisa..."

Io invece stavo lì a fissare la finestra e mi dicevo: "Oggi, forse, a questo figlio gli sto facendo gli occhi, e devo farglieli bene, di un azzurro che le donne dovranno ammirarlo, e con una vista capace di vedere il mondo anche in un mare di nebbia". E mi concentravo sugli occhi tuoi che si stavano formando dentro di me, lo sentivo, ci avrei giurato, e ci mettevo tutta me stessa per farteli alla perfezione, con una forza profonda, perché con la forza dello sguardo avresti ammirato le primavere, ma anche affrontato le cose brutte e infami.

"Dài, uccidilo, Lisa."

Oppure poteva essere una mattinata d'aprile che faceva squillare i tetti delle case e gli alberi, e col mio sesto senso all'erta lo sapevo che ti stavo facendo il cuore, e nel tuo cuore che mi nasceva dentro ci mettevo tutto il mio, che resisteva alle avversità per le sue vene salde, se no già si sarebbe stroncato, e le vedevo, sai, le vedevo come in una radiografia le tue vene che si tendevano alla vita intorno al tuo cuore, e mi prendevo cura dei battiti del tuo sangue... Il cuore da cui tutto dipende, mi ripetevo trascinandomi in ginocchio, che abbia davvero la precisione di un orologio svizzero, che continua a scandire il tempo alla faccia della morte, anche passando da un padre a una figlia. Infatti, nell'orologio che mio padre mi aveva consegnato prima di morire, e mi stringeva il polso, era come se sentissi la vita di mio padre che mi prendeva il polso, amorevole, sorridente, come sempre era stato con me, e mi sosteneva:

"Vai avanti, ci sono io qui con te..."

E se mi afferrava il dubbio di aver sbagliato un'arteria, tornavo daccapo, testarda: "Sono io che provvedo, e subito, così mai qualcuno dovrà intervenire col bisturi in una camera operatoria". Pregavo Dio: "Aiutami a fargli un cuore che possa farlo campare cent'anni".

La fatica grande, che mi lasciava spossata la sera, con appena il fiato di buttarmi sul letto, era di crearti in me al meglio delle mie forze, non lo sfregare pavimenti con strofinacci e spazzoloni...

"Matta!" mi gridavano. E il Mora mi scattava foto, canzonandomi con allusioni a tuo padre: "Giovinezza, giovinezza. Testarda primavera di bellezza che si sta riducendo a un mucchietto d'ossa".

No, matta non lo ero. Perché ogni madre che si rispetti, anche se non lo sa, fa gli stessi calcoli miei. Così passavano i giorni, io li contavo, dicendomi soddisfatta: "Fin qui va bene, credo". E mi addormentavo e sognavo, di te, le mani, i piedi che mi restavano da fare, e persino nel sogno, come fanno gli orafi col loro occhialino sulle pietre preziose, badavo a ogni dito, ogni unghia...

Facendo i calcoli, saresti nato in giugno, e io ero contenta, perché giugno è un mese con la luce chiara già dell'estate, e una creatura l'assorbe appena esce al mondo la luce in cui nasce, e quella luce se la porta dentro per sempre.»

... Riapro la cassetta segreta di mio padre per rivedermela, quella fotografia. Un piccolo rettangolo che racchiude le ragioni che portarono mia madre alla depressione più perversa, al troppo amore che si ritorce, fino alla paura di far male ai propri figli.

Se la fisso a lungo, questa paura mi sembra di udirla nello scherno del Mora, nelle due parole che ripeteva:

"Liberatene. Uccidilo."

I

Quando fuggiva da casa, eclissandosi dalla nostra presenza con un'abilità da illusionista, mia madre lasciava sulla propria poltrona uno dei suoi fazzoletti colorati o gli occhiali, un segno della sua intimità, spesso un fiore preso dai mazzi che le portavamo per rallegrarla. Sapevo cosa significava quel fiore, conoscevo il drammatico sarcasmo di quel fiore, messo di traverso e spezzato nel gambo per farci capire che non era colpa sua, ma del male ancora sconosciuto che la possedeva; che perciò dovevamo capirla e perdonarla.

La fuga era dettata da una spinta irrefrenabile: verso la periferia della città, che per lei rappresentava tutte le vite emarginate, negate, e insieme la notte delle "delicate stelle", come mi canticchiava quando le riusciva di essere madre amorosa accanto a me, con il racconto dei suoi pensieri.

A mio padre era come se cadessero le forze. Restava interdetto, a fissare il vuoto, a fissare il fiore; lo sollevava con due dita, delicatamente, senza capirne il significato; lo annusava, a volte, quasi il suo profumo potesse illuminarlo sulle ragioni che rendevano irragionevole il comportamento di mia madre. Ma il fiore non mandava profumo. Un alito freddo, invece. Lo stesso che avrebbe percepito dalle labbra di lei, se a quelle labbra, nei momenti di crisi, avesse avvicinato le sue.

Toccava a me andarla a cercare.

Mi addentravo fra le sabbie delle discariche, che si stendevano a perdita d'occhio, irte di montagnole, sconfinando nei nuvoloni, dove cielo e terra si confondevano se il vento alzava spirali alte come torri. Mi avventuravo cercando ansiosamente mia madre perché me lo sentivo che soltanto quella distesa desolata poteva aver attratto la stessa desolazione che turbinava dentro di lei, trasformando i suoi miraggi in una terra senza ritorno.

Salivo e scendevo per le piramidi sabbiose, gridando dentro di me, con la sensazione di avere una gola strozzata al posto dello stomaco:

"Fatti trovare!... Fatti trovare!"

Mi ricordavo della sua gioventù, di cui ero stato testimone (mi aveva avuto a diciotto anni). Del suo corpo giovane che sollecitava, nei maschi d'Oltretorrente, cordiali desideri. E di quando le forme di quel corpo avevano preso a manifestare una sorta di pietà verso se stesse: la pietà che si fa autodistruzione, coscienza che la mente, a tratti, può non avere più valore. La sua testa mi appariva da sovrana, lineamenti perfetti, la bocca carnosa. Mi eccitava, fin da bambino, quel rosso di labbra carnose in cui affondavo il dito mentre lei rideva, e lo spingevo fra i denti bianchi, anch'essi perfetti, fino a farlo scivolare lungo la lingua; lei lo lasciava scivolare, tutto fino alla gola, poi stringeva le labbra intorno al dito, e io per istinto lo ritraevo adagio, e lei adagio lo assaporava, socchiudendo gli occhi mentre lo ritraevo, e poi lo affondavo di nuovo, e lei di nuovo lo accoglieva. Come un'amante col sesso di un amante figlio, un amante bambino creato da lei.

Dentro la sua testa, la mente, a tratti, già svaniva in "maturla". Dalle mie parti, maturla è il vento impetuoso da settentrione, la bora, a cui resistere non è facile, perché soffia pazzie di terra e capricci di cielo.

Come spinta da quel vento, mia madre ballava. Le piaceva molto ballare. Mi avvolgeva tutt'intorno con le spirali del suo ballo-maturla e io, seduto sul pavimento, ero ancora così piccolo da vedere, nel cerchio della sua veste che si alzava volando e mi sfiorava i capelli, il buio da cui ero da poco venuto: due gambe perfette in fondo alle quali, prima della vita, ero stato, per qualche tempo, un presentimento contrastato fino alle lacrime ed esaltato fino al delirio della felicità. Io ero la realtà in cui si era tradotto quel presentimento. E sensazioni assai più grandi di me, mi spingevano a sollevare gli occhi al buio fra le gambe di mia madre, mentre mi arrivava il primo odore di femmina, e lo respiravo. Lei lo capiva.

Per distogliermi, attaccava a canticchiarmi canzoncine o i nomi buffi dei paesi lungo le rive del Po. Mi portava spesso a vederli sfilare da una barca a motore e quando via via me li annunciava mi suonavano da favola, erano una festa per me che li immaginavo come piccoli regni di una magica allegria. Ca' dei Sogni, Viola del Sorriso, Fraterna Mea, Levante Tripoli, Finale Beltà... Anche nell'inganno del mondo, c'è qualcosa del canto delle sirene, mi avrebbero spiegato più tardi.

... Fra le discariche, mia madre finalmente la ritrovavo. Come il mio sesto senso mi aveva suggerito. In mezzo ai rottami: un mobiletto sfasciato, sedie rotte, un mazzo di fiori finti che spuntava dai sacchetti gonfi di immondizia.

«Perché?» le chiedevo ogni volta.

Restava muta, con un peso di vergogna. Ripetevo la domanda. Lei scrollava la testa. Le costava uno sforzo evidente bisbigliarmi appena:

«Non so. È un qualcosa.»

Si stringeva la fronte, poi lo stomaco con l'altra mano:

«Un qualcosa qui... E qui.»

Soltanto una volta, rincasando, cercò confusamente di spiegarmi che l'amore, quando è il solo che abbiamo, e tanto profondo che sembra sfuggirci, fa brutti scherzi, crea l'angoscia di perderlo, e questa angoscia muta persino la felicità in dolore. Scoppiò a ridere. Un riso come quando si è afferrati per la gola da colpi cattivi di tosse:

«Fa scambiare pero per pomo.»

E già allora avrei dovuto capire che può spingere una madre, che adora i suoi figli e non ha altra ragione per vivere, al terrore assurdo di ucciderli.

Mutamenti si alternavano. Il mondo di mia madre poteva cambiare da un giorno all'altro. Sparivano le ombre, gli allarmi. Per brevi periodi, la casa retrocedeva a una normalità in cui ci si muoveva col fiato sospeso, per timore di spezzarne la fragile trama. Allora i momenti di bellezza, insieme a lei, erano impagabili.

La scoprivo davanti allo specchio. Lei che, nei giorni difficili, ripeteva: «Non riesco nemmeno più a guardarmi allo specchio, che è sempre stato il mio confidente migliore. Mi bastava ballare da sola davanti allo specchio per sentirmi capita, appagata».

Entravo nella sua camera. Mi arrestavo sorpreso. Era là che si sfiorava i tratti del volto come se le fosse riapparsa una persona cara dopo una lunga assenza, e la salutava in silenzio, toccandola per sincerarsi che fosse proprio la persona attesa. Infine la riconosceva, come un cieco legge coi polpastrelli un sentimento comune nelle linee di una fisionomia. Mi diceva, senza girarsi:

«Sto bene. Mai stata meglio.»

Prendeva a truccarsi. Quei piccoli artifici erano le

parole di un dialogo che riprendeva, la spingeva a sorridere a se stessa, a ringraziare con gli occhi se stessa per l'avvenuto ritorno. L'emozione di ritrovarsi le faceva tremare le mani. Subito una scintilla fra noi. Provavo di nuovo l'attrazione carnale che ci legava, fatta di immedesimazioni e di fantasie comuni. Tornavo a vivere, in me, il suo corpo che riprendeva colore e forme e i miei sensi lo percepivano come le vibrazioni di un violino che un esecutore invisibile ricominciasse a suonare con maestrìa.

Mia madre era la donna più intelligente che io abbia conosciuto. Eppure, alla parola "intelligenza", agitava la mano come per cacciare una mosca molesta. Mio padre, anche per rincuorarla, si complimentava per la sua prontezza nel capire le cose del mondo:

«Lo vedi? Lo vedi che la tua testa funziona a meraviglia? E il resto sono ombre, solo ombre ridicole di cui la tua mente può sbarazzarsi come e quando vuole.»

Lei reagiva:

«Chi crede di capire non capisce niente... Io non capisco. Io *sento.*»

Sentiva subito anche lo stato d'animo con cui l'avevo scoperta seduta allo specchio. Allora finiva di truccarsi in fretta, mi portava via allegramente, non più con risate come colpi di tosse cattiva, ma con le risatine che lei chiamava del "cirlìnn": la ridarella che ci prende per niente, tanto più se ci va male, quando si è in combriccola...

Me la spiegava trascinandomi sul tram della prima mattina, che dalle parti mie veniva chiamato l'"Allegria", perché, è vero, ci salivano i disgraziati che andavano al lavoro duro, ammucchiandosi appiccati alle maniglie, ancora intontiti dal sonno, già col peso delle ansie e delle umiliazioni quotidiane. Ma proprio alla faccia di queste inquietudini, c'era sempre uno che veniva afferrato dal cirlìnn, più forte di lui, da questa specie di preghiera mattutina dello spirito beffardo. Subito accadeva come con le ciliegie: il cirlìnn del primo diventava, via via, il cirlìnn degli altri. Così il tram si trascinava per le periferie quella nube di riso, diventando contenitore di un'allegria per disperazione.

Più o meno in questi termini mi spiegava le cose che dovevo imparare a *sentire*, più che capire.

«Vieni con me, garibaldino. Dobbiamo approfittare di giornate come questa. Per confidarci un po' fra di noi.»

Quel giorno, oggi, mi sembra un sogno. Confidandosi, lei non mi ha mai trattato da ragazzino. Mi parlava schietto. Senza mezzi termini o imbarazzi per la mia età. Parlava persino con crudezza, quando era il caso, e con complicità, se ne valeva la pena. Forse che un ragazzino che scruta l'universo, le prime volte, non è cosciente di un'emozione? Lo scruta con un'innocenza che un adulto non avrà mai. Così pensava. E a quella forma particolare di innocenza in me si rivolgeva:

«Mi fido di te, garibaldino. Seguimi.»

Le andai dietro, come sempre, senza fare domande, lasciandomi guidare dalla sua cordialità ritrovata. Ci inoltrammo in un lato della casa dove non avevo mai messo piede. Mi faceva strada raccontandomi con un tono da favola, ma calcolato con ironia:

«In questa casa c'è una stanzetta che chiamavamo "della neve", perché le piane, quando si colmavano di neve, dalla sua piccola finestra apparivano più belle che da qualsiasi altro punto, e il sole veniva su con tinte sul giallo dorato, e le piane bianche si trasformavano in laghi d'oro, e durante le nevicate più grandi c'era sempre un poco di neve che finiva per cadere da una crepa in un angolo, una crepa che mai nessuno si era curato di murare, perché era bello anche questo: veder crollare un po' di neve, spinta dal vento, nella stanza segreta... Insomma è stato lì che è successo, capisci?»

Si girò a fissarmi e mi strinse il polso, come faceva quando voleva che le sue allusioni si facessero chiare nella mia testa e io rapidamente ne traducessi il senso:

«Hai capito o devo aggiungere pane al pane?»

«Sì, ho capito» le risposi. Ed era vero. Poi la sorpresi precisando:

«Come sempre ripeti tu, diciamo che ho sentito ciò che dovrei capire.»

Ci trovammo nella camera. Scrutandola, dopo tanto tempo, lei si stranì un attimo, presa dal pudore. Notai che persino il sole sembrava filtrare, dalla crepa in alto, con raggi pieni di pudore.

«... Tuo padre, allora, le prime volte che cercava di portarmi a letto, mi chiamava Lisa, Lisetta, col mio secondo nome, e così mi chiamavano in tanti, forse Giuseppina non gli appariva degno di come apparivo, bella, sì, ma anche un po' misteriosa e coi lineamenti fini, aggraziati, e tuo padre ci aggiungeva una nenia tutta sua, Lisetta, Lisetta, come si fa coi bambini, sai, chissà perché, forse perché voleva farmi sentire più bambina, una preda più facile, ma io avevo già una testa di mille anni per certe faccende, la Lisetta ingenua se n'era scappata via da me, portandosi i suoi candori, e a volte tornava, sì, ma subito qualcosa o qualcuno la faceva scappare di nuovo, io cercavo di trattenerla, inutile, volava via coi suoi bei sogni, le favole, un po' d'inferno già le scottava sotto i piedi, chi poteva darle torto?

Così tuo padre mi porta in questa stanzetta della neve, ma senza un minimo di poesia per la stanzetta, per la neve, figuriamoci, gli sarebbe andato bene qualunque posto lecito o illecito, borbottò soltanto "tò, ci nevica davvero", perché crollava giù un po' di neve da quella crepa, e la nenia di Lisa, Lisetta poteva risparmiarsela: che gli serviva fare come gli altri uomini che ti recitano le mille e una notte per poi godersi una donna una notte e via, amen? E tu ricordati, garibaldino, che sono cose che non si fanno, se tu da grande vorrai una donna diglielo chiaro, che almeno salvi la faccia... Ma lui piagnucolava: "Perché non ci scaldiamo insieme in questo posto che ti piace tanto, e lo so che ti rintani qui quando le tue fantasie ti cascano in testa come questa neve dalle crepe? Dài, scaldiamoci dove nessuno ci vede".

In realtà, era lui che non voleva farsi vedere, lui che passava per fascista, e queste parti erano più rosse di una cocomera spaccata. Storia lunga, garibaldino, cercherò di spiegartela un pezzo alla volta... Scaldarsi, insisteva. Allora perché era già lì che si toglieva in fretta la giubba da ufficiale aviatore, e buttava il cappello sul mucchietto di neve, quel berretto azzurro che mi piaceva, e un po' lo confesso mi aveva fatto sognare, che se lo tenesse, messo di traverso sul ciuffo nero lo rendeva anche più bello, uno dei ganzi più ricercati della Parma ricca e boriosa...

Lo lasciavo dire e fare, fissando il cappello dove la neve sfarinava come da una clessidra, e poi fu la volta della rivoltella, via anche quella, non si può fare l'amore con un revolver piantato sulla pancia, non ti pare? Spogliati pure, mi dicevo, bell'ufficiale, però mi piacerebbe di più che ciò che ti furla in testa lo facessi in uniforme, uno sfizio magari, ma mi sorrideva l'idea, e quando una cosa mi piaceva, mi piaceva e basta, ero fatta così da ragazza, e così sono rimasta...

Per farmi intendere, mi chiede se conosco la canzoncina del Rabagliati, e che fa? Si mette a canticchiarla, la canzoncina, "Ba-ba-baciami piccina con la bo-bo-bocca piccolina, dammi tanti tanti baci in quantità"... Ma baci dove, dove vuoi che te li dia i baci, eh, bel Mario aviatore? Per di più ci stonava col ritmo sincopato, aveva piuttosto la voce da baritono da parata, col gagliardetto nero, armi e bagagli, e l'avrei trovato più spiritoso se mi avesse canticchiato, con sincerità, "Giovinezza, giovinezza" aggiungendo, mentre mi metteva le mani dappertutto, che ero "una primavera di bellezza", perché lo ero, sai, lo ero davvero. Insomma, stavo per andarmene, ma i suoi occhi erano di una dolcezza che non puoi immaginare, per quelle occhiate sono rimasta...

Io, le idee sue, le sapevo maligne, però sapevo anche che erano vanterie di tanti che credevano così di mettere in maschera le loro debolezze, poveri idioti davvero, tant'è che erano proprio le debolezze di tuo padre a farmi innamorare, i suoi vezzi da ragazzino, e certe tenerezze che gli sfuggivano anche quando s'infilava stivaloni e rivoltella, credendo di impressionarmi, e sotto il nero del gagliardetto aveva un candore nel cuore, era buono tuo padre, com'era un gran bel ragazzo che non volava solo con gli aeroplani ma, come si dice, di fiore in fiore, e tutte, ganze o no, gli andavano bene, e ci stavano, e ringraziavano dio di starci, perché la femmina è fatta così...

Stavo lì a guardarmelo che si preparava al corpo a corpo e lo sentivo, lo sentivo una volta di più che, se era fascista, lo era in certe leggerezze dei maschi, per esempio nel non capire che una donna è come un popolo, se vuole starci ci sta, specie se prende una sbandata e io l'avevo presa, non c'è bisogno di canzoncine e di inganni, una donna se vuole starci ci sta anche col nemico, quando capisce che lui è una vittima della vanagloria, e se non vuole starci invece non ci sta, e più uno usa il ricatto delle maniere traverse, più rischia, a cose fatte, di finire impiccato per i piedi...

La sto facendo lunga, garibaldino, perché quel giorno fu il giorno tuo, della tua sorte, come si dice di chi viene a questo mondo, e perché anche a te sia chiaro cosa può essere un uomo sul punto di dare la vita, mentre una donna lo guarda e lo giudica nel sentimento che lui non sa di avere, e quando saprà di averlo sarà troppo tardi.

La sbandata che m'ero presa era di quelle che non perdonano, e tuo padre lo sapeva bene cos'è una sbandata, lo sapeva da aviatore, quando l'aeroplano va giù d'ala, e hai voglia a tirar su la leva, perciò se ne approfittava, e io lo lasciai fare, in questa stanzetta dai muri bianchi che diventò d'oro quando il sole cominciò a calare, e fu tanta meraviglia negli occhi a tradirci, perché anche lui si distrasse a guardarla in quella piccola finestra, è come se li rivedessi ora i suoi occhi che, per un momento, si girarono via da me a fissare il tramonto, stupito come un bambino, e quel momento fu traditore...

Subito dopo io ero qui, esattamente in questo punto, rannicchiata accanto al mucchietto di neve, un mucchietto anch'io, di forme godute alla brava, piena di brividi, che lo rimproveravo dolcemente: "Potevi starci più attento, Mario"... S'allarmò: "Cosa vuoi dire?". "Niente, che ormai ciò che è fatto è fatto." E lui a chiedermi di perdonarlo, a ripetermi: "Che vuoi che succeda? Sei la solita, ti allarmi per niente. Perché ti allarmi per niente, Pina?". Stavolta usando il mio vero nome, e vedendo che tremavo, senza capire la vera natura dei miei brividi, si dava da fare per mettermi la giubba sulle spalle, e passarmi carezze d'obbligo sulle guance. "Stai tranquilla, fidati di me." Lo diceva, poveretto, ancora coi modi da fascista a cui era stato asservito, ossia senza rendersi conto che i miei erano brividi di gioia, e questa gioia, sì, mi scaldava...

Perché vedi, garibaldino, una donna lo sa, lo sa sempre, quando la vita s'infiltra in lei, lo sa con quel sesto senso che, quando si tratta di vita e di morte, è un organo che si aggiunge, e vale più di un sesso, di un ventre, di un cervello... Ed ero tutta contenta anche perché la vita s'era incamminata dentro di me per una distrazione uguale a un piccolo incanto, e perché potevo dirmi: non può essere un fascista uno che si distrae dal momento più bello con una donna per guardare una meraviglia di tramonto col sole dentro la neve...

Tuo padre si rivestì e mi disse: "Sbrigati, andiamo via. Qui davvero si muore di freddo". E poi, stranito "Ma che fai, sei pazza?". Infatti, un po' dovevo sembrarla, dato che restavo lì, mezza nuda per terra, e prendevo il suo cappello da aviatore, lo pulivo dalla neve, me lo mettevo in testa di traverso, sorridendo, ma senza guardarlo in faccia. Non sorridevo a lui. Il mio sorriso malizioso andava oltre, più lontano, mentre pensavo che un giorno, chissà, avrei potuto raccontarlo a un figlio com'era andata, e come l'avevo concepito.»

...

Il primo presentimento di un possibile addio

Le volte che andavo a trovare mia madre, era come se mi raggiungesse il suo desiderio di abbracciarmi, che si imponeva sul timore, una residua fobia, di recarmi disturbo. E anche da parte mia un rispetto per la sua riservatezza, dove tornava piacevolmente ad amministrare le piccole scoperte della solitudine. Preferivo viaggiare di notte. Lasciavo Roma in macchina e raggiungevo Parma alle prime luci del giorno. In attesa del mio arrivo, lei passava la notte in bianco. Felicemente insonne, si spostava da una stanza all'altra, sistemando le cose per accogliermi: "come si deve" diceva.

Mia madre "sentiva" quando salivo le scale. Allora si affrettava a mettere l'occhio allo spioncino. Assaporava quel momento: il pianerottolo, il suo vuoto deformato, la mia figura che entrava a cancellare il vuoto, il mio volto inquadrato dal suo occhio, la felicità da bambina di sorprendermi aprendo la porta quando già avevo le chiavi in mano:

«Eccoti, garibaldino.»

Per consentirle questo rito, indugiavo apposta col mazzo delle chiavi, come se non mi riuscisse di trovare quella giusta. Ho preso tempo anche quel giorno. Ma la porta non si è aperta. Sono rimasto in ascolto, non ho udito i suoi soliti passi che si avvicinavano rapidi. Il silenzio dell'alba era assoluto. La casa sembrava deserta. Il rito di sempre, per la prima volta, non si produceva. Mi sono visto grottesco con la chiave in mano, poi smarrito. Si sono insinuate parole fatte di un silenzio più ambiguo e profondo di quello che mi circondava: "Sarà terribile quando accadrà... Tornare in questa casa, e lei non ci sarà più".

Sono entrato spinto dalla paura di non trovarla. Nell'ingresso, sulla spinetta che fu di mio padre, gli spartiti delle canzoni e delle due opere che amava di più: *L'Africana*, di Meyerbeer, il *Mosè* di Rossini. Gli piaceva intonare l'aria: "O paradiso...". E la preghiera: "Dal tuo stellato soglio". Ho visto brillare, in un filo di luce, gli occhiali materni, tondi e con la montatura d'oro, un mio regalo, la sottile penna stilografica, posati su un tavolinetto. Mi hanno sempre intenerito. Ho notato che mancava il diario, di solito lasciato con cura fra gli occhiali e la penna. Sono salito al piano superiore. Ho aperto la porta della camera da letto lottando con l'assurda certezza di trovarla vuota.

Mia madre c'era. Dormiva di un sonno che l'aveva irrigidita, scavata nel volto cereo. Il suo respiro debole: sono stato costretto a fissarla intensamente per avvertirlo. L'unico segno evidente veniva dalla sua mano sinistra, che aveva piccoli sussulti sulla coperta, per un riflesso automatico dei nervi. Il braccio destro cadeva invece dalla sponda del letto, verso il diario scivolato a terra, aperto alle ultime note che vi aveva scritto. L'ho sollevato. La sua scrittura la esprime così bene: nella delicatezza come nelle impennate del capriccio e della forza. La pagina era datata due giorni prima. Non mi era stato possibile arrivare il giorno del suo compleanno, colpa delle coincidenze aeree, da un altro continente. Non era mai accaduto che mancassi un suo compleanno, e ho provato rimorso, leggendo:

«Oggi compio gli anni. Mentre scrivo, mi dico che mi sto accorgendo dei treni. Ci avevo fatto l'abitudine ai treni che vanno e vengono dalla vicina stazione ferroviaria, come cani che all'improvviso abbaiano, oppure se ne vanno mogi a rintanarsi per guaìre come se si lamentassero inseguendo un sogno del chissadove (questo me l'hanno insegnato i medici intelligenti, quei pochi che ho avuto, che anche le bestie sognano, e persino le cose)... Ora, sì, me ne accorgo dei treni. Quel fischio mi esplode dentro, mi fa battere il cuore... E mi sveglio sempre quando i treni notturni lasciano il posto a quelli del giorno. Forse sarà che sto per prenderlo davvero il mio ultimo treno. Mi chiedo se mi toccherà prenderlo di notte o di giorno.

Ma, prima, avrei voluto fare un'ultima scappata a Sabbioneta... Che Alberto fosse qui, per portarmi in macchina a Sabbioneta. Abbiamo sempre festeggiato così i miei compleanni...»

Lei era gelosa dei suoi diari che si erano ammucchiati negli anni. E io avevo vinto la tentazione di leggerli. Quelle pagine, invece, non potevano esserle cadute di mano, erano sistemate a terra con troppa cura, e aperte perché le leggessi, come un affettuoso rimprovero.

... Era vero. Per festeggiare il suo compleanno la portavo a Sabbioneta, a mangiare e a brindare in un piccolo ristorante che "allunga la vita" diceva, "come a Sabbioneta tutte le cose si allungano e diventano più grandi". Le avevo fatto scoprire io la cittadina del Mantovano, sulla sinistra del Po, che ora affascina i visitatori di ogni parte del mondo. Da quel giorno, Sabbioneta fu il luogo delle meraviglie per mia madre.

Camminando sottobraccio a lei per la cerchia a stella delle sue mura, le avevo raccontato la storia degli edifici concepiti, nel Cinquecento, da Vespasiano Gonzaga: Duca di "folle intelligenza" come attestano le cronache. Luogotenente del Re di Spagna, ammirato stratega e statista prima che la sifilide gli divorasse il cervello, ammazzò a calci la moglie incinta, si macchiò di delitti. Sognava di insediarsi in una reggia smisurata. Ma i potenti cugini di Mantova lo relegarono per punizione entro i confini di uno Stato irrisorio: casupole di contadini, campi melmosi, stalle cadenti, una sola strada di polvere. Il Gonzaga non si oppose. Anzi, con meraviglia dei nemici, si entusiasmò: "Trasformerò quel porcile in una reggia che incanterà il presente e il futuro, e sarò ricordato quando di voi non resterà nemmeno lo scheletro". Chiamò infatti i maestri dell'Illusionismo, gli Alberti e il Pesenti, dandogli incarico di ingrandire all'infinito la sensazione di spazio, servendosi delle false prospettive, della tecnica del *trompe-l'oeil*: nel Palazzo Ducale e nella Galleria degli Antichi.

Questo il pensiero del Gonzaga:

"Io conosco l'arte di sublimare le cose più miserabili senza nulla togliere alla verità della loro essenza, aggiungendo soltanto la chimera del loro contrario, il capriccio dell'occhio che vede la bellezza che non hanno. Dipingete su uno squallido muro lo sfondo di una città meravigliosa, e quel muro, pur restando tale, avrà il potere della calamita, attirandovi con la certezza illusoria di poter penetrare nei meandri della città.

L'umanità è povera cosa, pietose bestie da macello che aspettano soltanto di essere sbalordite, sia nel bene che nel male, ed è facile per un'intelligenza superiore che conosce gli artifici, sia del male che del bene, indurle a vedere ciò che vogliono vedere, compresa la morte, che è anch'essa un'illusione... Non è vero che l'umanità tende al Paradiso. Bisogna rovesciare i termini della questione, se vogliamo capire la vita. Il Paradiso non è che un pretesto per arrivare a sbalordirsi con l'enigma, il più perverso, della morte."

Mia madre scrutava intorno, abbagliata anche dai minimi dettagli:

«Come mi dispiace che quel Gonzaga si sia macchiato di delitti, e la sua mente fosse corrotta da un male ignobile.»

La guardai senza capire.

«Perché, se era in buona, la pensava come io la penso. Pensieri a volte stralunati, smangiati dai ragni del cervello quando si fa soffitta con le ragnatele, ma che al momento opportuno sanno vedere il rovescio di una foglia, sai, che resta foglia, però il suo rovescio è un'altra cosa.»

La spingevo a rivelarsi. Mentre respirava a pieni polmoni l'aria mistificata e ilare di Sabbioneta, come se non venisse dai prati circostanti, ma dai capricci delle nuvole. Continuava:

«Ti confesso che all'inizio, quando mi ripetevo "Eh, già, la follia", mi vergognavo, quasi fosse una colpa infamante. Poi ho capito che al contrario bisogna amarla, una certa follia... È la prova che si possiede un'anima, e un'anima grande, che si rifiuta di obbedire alla logica, spesso ipocrita, con cui l'umanità regola la propria vita... Diffida sempre di loro.»

«Di chi?»

«Dei ragionieri della logica, garibaldino. Crudeli ma stupidi. E oltretutto non sanno ridere, anche per niente, anche nel peggio. E ridere alla faccia del peggio è importante, è un ridere che non nasce dal due più due che fa quattro. È forse logico Dio, che fa il bello e il cattivo tempo?»

Ascoltarla mi rincuorava. Pur sapendo che proprio quella medianità che riusciva a sostituire le false apparenze della vita banale con le false prospettive della mente geniale, quel sesto senso da cui sempre si faceva condurre, si erano ammalati, in lei, per la fragilità dei nervi che avrebbero dovuto sostenerli. Nervi assai più deboli del suo capire.

Anche nel piccolo ristorante dove si finiva a brindare, c'erano quattro tavoli, una saletta che poteva ospitare pochi clienti, e si mangiava addossati, le teste si sfioravano. Ma ci si andava, al Merlìn, un locale antico, perché le false prospettive, rimaste pressoché intatte sulle sue pareti, ci facevano sentire sospesi nella vastità di cento miraggi. Lei esclamava:

«Avrei dovuto nascere qui. Questa è la mia patria.»

Sabbioneta è un modo di capire chi fu mia madre. Quando non si isolava nel suo silenzio murato, e ci si confidava da complici, sempre mi raccontava di me e di lei con il linguaggio di Sabbioneta.

Vaghèzie, fantàzie, maturla...

Da ragazzo mi piaceva ascoltare in giro le "vaghèzie" di mia madre come le raccontava la gente. Vaghèzia è la parabola istintiva con cui un po' si inventa e un po' no, rubando alla realtà quel tanto di inverosimile che sempre contiene. Nel mondo di mia madre, essa si distingue da "fantàzie": i matti pensieri. E da "maturla": la mattana regina.

Nel riportare aneddoti sulla Cantadori, veri o falsi che fossero, la gente si divertiva; anche nei casi tutt'altro che ilari, essi respiravano l'"arlìa": quell'aria di ironie, piacevoli o amare. Si chiedevano: "Possibile che la Lisa Cantadori se ne inventi sempre di belle, certe alzate d'ingegno che poi rimbalzano per giorni, e qualcuna si ricorda nel tempo?". Io mi nascondevo e origliavo:

«Lisa, la Sensitiva...»

Niente a che vedere col significato che oggi si attribuisce a questa parola. "Sensitive" sono le nuvole che mutano di colore e di forza: possono scatenare burrasche, cambiare il suono del vento.

Ascoltavo le chiacchiere su mia madre di chi si sedeva, le sere d'estate, a prendere il fresco intorno a piazza del Duomo, che nel buio sembra espandere il suo silenzio per accogliere mille voci sepolte, il loro coro "a sottovoce", il "Larà-larà" di un Rigoletto che qui si è dato nei secoli mille nomi. A chi si metteva a far notte in chiacchiere, il Battistero illuminato dalla luna appariva un grande piroscafo bianco che stava prendendo il largo da una banchina. Lo scrutavo, finivo per immaginarmi anch'io sulla banchina insieme a mia madre, in attesa di prendere il largo dai nostri affanni, e non pensarci più.

E mi piaceva quando i piccoli bar e i caffè lussuosi, come l'antico Marchesi, dovevano accendere tutte le luci inabissandosi nei nebbioni, e c'era chi metteva il naso fuori per fiutare il profumo asprigno della nebbia, ripetendo che quei nebbioni che calano senza preavviso, vengono dal "Babi" del mondo, e "Babi" è il manicomio, visto che non hanno né capo né coda, nell'apparire all'istante, nel dissolversi all'istante. Dentro al nebbione che mi pizzicava il naso, potevo nascondermi meglio, rintanandomi come in un ventre fatto di cielo e terra sciolti in un'unica bambagia.

Avrei voluto che Lisa si materializzasse da quella coltre, per stupire, una volta di più, chi già si stupiva parlando di lei. Allora la foschia diventava, sulle mie labbra, l'alito profumato di menta di mia madre.

E ascoltavo nei casali, lungo il Po, i racconti sulle barche che si dipingevano per le ricorrenze festose del Doge e delle Venezie. Me la immaginavo, Lisa, dritta a prua della Barca Primiera, nella tunica bianca, applaudita da una folla schierata sulle rive, come un tempo accadeva alla ragazza scelta, nel rito, a simboleggiare Venezia e l'Oriente: il mistero.

Non erano ancora scomparsi, da quelle parti, certi negozietti e botteghe, i piccoli artigiani dell'eccentrico, dai mestieri oggi archiviati. Nelle sere d'inverno, attraverso i vetri appannati dal calore delle vernici, scoprivo mia madre che parlottava con i liutai, e stavo a spiarla, affondata fra sagome e strutture che formavano una scena surreale, e i liutai sembravano dar retta a lei quando indicava un violino o passava la mano sulla pancia di un violoncello: abbassavano la testa, lavoravano d'ascolto sugli strumenti, piegando l'orecchio, due dita a pizzicare una corda.

Mia madre usciva. All'interno commentavano:

«Però, la Lisa... Quando le gira giusta, sa usare il suo sesto senso anche con le corde e le vibrazioni di un violino.»

Capivo, intanto, come via via si forma la leggenda, non importa se minima, di una persona che diventa personaggio di un microcosmo. Prima vengono i fatti che accadono secondo le norme della vaghèzia (e in alcune vaghèzie capitò anche a me di essere coinvolto), poi viene la diceria, infine il piccolo mito delle piccole cose...

II

«Sono passati dieci anni dalla notte in cui, sconvolto, presi foglio e penna, scrissi: "Cara madre...". Ne provai pudore, una forma di ritegno si insinuò nella paura che stavo provando. Pensa, indugiai a spiegarti: "Nelle lettere, e anche nei biglietti d'occasione, con poche righe, mandandoti fiori e auguri per qualche tua ricorrenza, ho sempre usato 'madre', senza aggiungere il tuo nome. Lo stesso nelle poesie, tante, che ti ho dedicato. La prima, scritta quando avevo solo tredici anni, non hai mai voluto ascoltarla. Appena te l'accennavo, facevi un gesto di rifiuto con la mano. Persino l'idea poetica della mia morte ti turbava. La cacciavi via come un ragno repellente.

Quella poesia inizia: "Io cerco un ventre – orgoglioso e umiliato – per morirci teneramente – come ci sono nato".

Mi rivolsi a te, e continuai a scriverti ogni notte, perché un ciclone mi aveva investito: episodi al di là di ogni immaginazione, eppure talmente veri da essere attestati nelle cronache e nelle vicende dei tribunali. L'incredibile, ripeto, che si annida nella realtà quotidiana. Come nelle vaghèzie. Ma una vaghèzia non è mai spietata.

Personaggi criminali mi avevano accusato di essere il Mostro di Firenze. Si stavano accanendo contro di me con questa accusa, e una persecuzione che metteva a rischio la mia stessa vita. Canaglie miserabili, annidate nell'oscurità: io dovevo essere massacrato per aver scoperto, da giornalista, il meccanismo delittuoso di un'orrenda verità.

Ma prima di raccontarti i particolari, lascia che ti esprima il mio stato d'animo a cui ora posso attribuire due motivazioni opposte: allora ero io che rischiavo di morire, adesso sei tu che sei scomparsa.

Ti scrissi, appunto, per difendermi dalla spietatezza. Per avere almeno il sorriso interiore che tu mi avevi insegnato, insieme alla passione dell'innocenza, all'ironia vendicativa, alla bizzarria di credere che "la felicità si può conoscere anche se il mondo ti ringhia addosso".

Lettera alla madre sulla felicità.

Fu questo, infatti, il titolo del mio epistolario che non contenne un dialogo o una confessione reciproca: restò un monologo. Infatti, mentre ti chiedevo di assistermi, speravo con tutto me stesso che le mie lettere non ti arrivassero mai. Riceverle, avrebbe significato per te una cosa sola: che mi avevano ucciso.

Scrivevo, in realtà, al vuoto che accerchiava le mie torture. E ora? Torno a rivolgermi a te, che non ci sei più, e queste pagine riaprono anche le piaghe di quei giorni. Non immagini la solitudine che mi svuotava, senza nemmeno la forza di alzarmi, e quando anche il cielo notturno faceva burrasca, restavo a fissare i fiori stravolti dal vento, che venivano a sbattere contro le vetrate della mia terrazza, lasciandovi l'impronta di tante piccole gocce di sangue, come fanno gli insetti multicolori spiaccicati sul parabrezza di un'auto in corsa. Pensavo a una tua frase: "Un fiore ha la stessa geometria di un'esistenza, ma c'è sempre una tempesta in agguato che può strapparlo e dissolverlo".

Leggo in uno di quei fogli: "A chi altri potrei rivolgermi se non a te che, oltre a essermi madre, non hai mai cessato di essermi amica e complice? Che mi capivi al volo, anche quando stavo zitto? E a differenza di ogni altra donna, sapevi leggermi negli occhi la minima ombra dei miei pensieri?".

E ora? In questa notte apparentemente quieta... Quale ragione mi spinge a scriverti? Forse la nostalgia che non mi dà pace, e si fa più cruda di giorno in giorno? Mi ricordo le mattine in cui contemplavamo insieme le lontananze che ci dividevano dalle colline degli Appennini, afferrati dalla nostalgia di un Dio: lieve, dominante, opinabile, come la linea azzurra dei monti che diventavano un miraggio.

Oppure la ragione potrebbe essere... che ho finalmente la libertà di confessarti i miei drammi. Il divieto di comunicarteli, per non turbare i fragili equilibri della tua mente, ha accompagnato la mia maturità di uomo. Un supplizio durato a lungo. Mi avevi introdotto alla vita col nostro confidarci, che mi torna come un sogno, ma durante gli anni del tuo forzato silenzio, murata nelle ossessioni, non mi è stato più possibile aprirti il mio animo. I medici me lo impedivano.

Mi chiedevi: "Tutto bene?". Ti rispondevo: "Tutto bene". "Sono contenta." Il nostro dialogo non andava oltre. Nemmeno se ero a pezzi, e avrei voluto gridare: "No, non c'è niente che vada bene. Perciò lasciale perdere quelle tue maledette ossessioni. Ascoltami, invece!".»

...

Mi interrompo.

Ci sono momenti in cui non mi riesce né di scrivere né di pensare... Accendo tutte le luci, prendo un libro, cerco di leggerlo, lo butto, senza accorgermene allineo con cura le penne sul tavolo, me ne accorgo, le spazzo via, mi affaccio alla terrazza, fisso i campi da tennis deserti, gli spazi divisi dalle reti mi appaiono color sangue, due gattacci si sono incastrati, guizzano sul fondo di terra battuta, una canzone lontana, rientro, chiudo porte e finestre, gli urli dell'accoppiamento animale si spengono, ora le luci mi feriscono gli occhi, ho bisogno di buio, e nel buio mi assale la certezza assurda che mia madre mi scruti da un punto, mi concentro coi nervi in questa sensazione, ne ho un brivido... Lei che mi scruta, che mi fa capire: prendimi in te, sto entrando in te.

La accolgo, di nuovo è una sensazione concreta, fisica, lei continua a farsi intendere in sintonia coi battiti del cuore.

«... È come quando, durante la tua malattia, non riuscivi più a baciarmi. Se avvicinavi le tue labbra alle mie ti afferrava il terrore di saper baciare in un solo modo, col bacio dei folli, di contagiarmi con quel bacio. Ti inginocchiavi di fronte a me, mi prendevi per le spalle, e con uno sforzo che ti faceva tremare spingevi in avanti la faccia, ma le tue labbra si bloccavano a pochi centimetri dalle mie. Eri tu, stavolta, a chiedermi: "Aiutami". Arrivavamo vicinissimi al bacio, le tue labbra ne avevano l'impercettibile movimento. "Forza" ti incitavo dentro di me. "Stai per farcela, forza..." Il bacio falliva per una frazione infinitesima, e tu ti giravi con un singhiozzo dall'altra parte.

Ora ti accolgo in me, e il bacio riesce.

Ora sei pronta per conoscere ogni cosa. Anche la persecuzione che originò *Lettera alla madre sulla felicità*.

...

Per un settimanale, avevo firmato un'inchiesta che poi ho maledetto mille volte, e che aveva fatto scalpore. Un'idea, una scelta del direttore. Ma non era necessario scomodare uno scrittore, o un giornalista addestrato, per capirlo: "Il mostro è una banda". Bastava togliere i ceppi all'indagine, con buonafede e buonsenso. Chiunque si sarebbe reso conto che i delitti addebitati al Mostro di Firenze non potevano essere di un'unica mano, l'operato solitario di un serial killer.

Come sarebbe riuscito, un solo individuo, a compiere azioni criminose che richiedevano destrezze demoniache con funzioni distinte? Sorprendere la giovane coppia che amoreggiava nel buio fitto, aprire la portiera dell'auto, presumibilmente chiusa all'interno, date le circostanze, disporre di una notevole forza fisica per vincere le reazioni delle vittime, nonché di una mira perfetta per sparare in condizioni disagevoli e uccidere, trascinare i corpi alla sola luce delle stelle e asportare chirurgicamente il sesso o il seno della ragazza, incidere un segno rituale sulla schiena dell'uomo. Quel segno rituale...

Una banda, appunto. Con mandanti, strateghi dell'orrore, abili esecutori. Le indagini, non più ostacolate da complici eccellenti, e forse sollecitate dalle mie intuizioni, hanno sommariamente chiarito la mappa dei crimini, perciò è facile capire la macchinazione che i mandanti ordirono contro di me, per tapparmi la bocca e farmi fuori. La voce che il mostro ero io fu il cerino buttato negli sterpi, e da qui le facili fiamme di un incendio.

Io, il Mostro di Firenze. Un paradosso. Ma di paradosso si muore, non sarei stato il primo, in un'Italia dove la diceria conta più del detto di un Papa, e via via acquista corpo, diventa dubbio legittimo che impone alla vittima di dimostrarne l'assurdo... Mi avevi insegnato anche questo, cara madre: che l'innocente paga dazio più del colpevole, se l'impostura è ben architettata; l'innocente può difendersi solo con le unghie, mentre i persecutori aggrediscono con gli artigli addestrati a fare scempio.

Si servirono, all'inizio, di due donne. Di una in particolare, delatrice del nulla confezionato con simulazioni e un finto delirio psichico mirato a ottenere vantaggi di varia natura. Quella donna è stata condannata. Ma prima della sua condanna, un tiro al bersaglio che non mi diede tregua. Agì l'Italia deviante. Delle logge massoniche deviate, dei servizi segreti deviati, dei maniaci deviati dalla nascita e asserviti a chi governa l'occulto sanguinario che contende il potere alle Istituzioni.

Se i vertici di una nazione sviliscono il mistero nei sotterfugi dei loro affari corrotti, e sta qui la loro debolezza, i magnati dell'occulto il mistero lo innalzano invece a religione affollata di demoni. Sta qui la loro forza. Il mistero incute paure, insinua canoni, prescrizioni, norme: impalpabili quanto inderogabili. È la stregoneria delle tribù primitive, quando gli sciamani detronizzavano gli imbelli capi guerrieri.»

Dagli scritti di allora:

«Nel silenzio profondo, quando ti aspetti il peggio, uno scricchiolio diventa uno schianto. Il silenzio dilata il suono del citofono. Da basso. Un suono insistente. Brevi pause calcolate. Poi riprende. Sto fermo. Fisso le mie mani ferme sul tavolo scuro. Chi insiste al citofono?

Un altro suono. L'ascensore che sale. Mi auguro, con tutto me stesso, che la sonorità minacciosa della sua scatola metallica si arresti a uno dei piani inferiori. L'ascensore, invece, si arresta esattamente al mio piano. Non è più il citofono. Ora è il campanello, alla porta. Stesse pause. Poi prolungati squilli e il campanello pigiato con rabbia. Speri che la pausa diventi silenzio. Ma non è così. Lo squillo riprende per entrarti nel cervello come una lama.

Chi insiste? Non certo la polizia. Quando arriva per proteggermi si annuncia con telefonate. Per lo più, sono io ad avvertirla. Stanotte non ho chiamato nessuno. Mi impongo di non avere reazioni. Non rispondo. Non ho altro modo di punire quel campanello che, lo so, continuerà ossessivo, a lungo.

Loro, i miei persecutori, vorrebbero sfondarla la porta: i tonfi delle mani battute a palmo aperto. E io sono qui che trovo scampo nell'idea che d'improvviso mi illumina: rivolgermi a te, esprimendomi con l'unica arma privilegiata di cui disponga, ossia col mio essere poeta, come tu mi hai creato.

Quel grido, oltre la porta: "Ti ammazzeremo... Ma prima ti daremo tanto filo da torcere che sarai tu a desiderare di essere ammazzato".»

«... Verso il parapetto della terrazza. Ho fissato a lungo lo sprofondo nero dei sette piani sotto di me. Ho fatto correre le dita sul bordo del parapetto, quel confine freddo che poteva, da un istante all'altro, essere l'ultimo confine, e anche la mia mano era fredda. Ero ricorso a tutti i pensieri capaci di trattenermi. Se ne aggiunse un altro: il pensiero di mia madre e di Stilo.

La guerra era appena finita, e forse era Stilo, forse uno che gli assomigliava come una goccia d'acqua, il disgraziato che i vincitori trascinarono nel Foro Boario. Gli fecero largo fra la gente, lo misero su una sediola, al centro del piazzale. Stilo, o il sosia di Stilo, stava seduto con le braccia flosce fra le ginocchia. Gli avevano strappato via una manica del giubbotto, e messo la manica stessa sulla spalla. Girava gli occhi intorno, pareva raccogliere le forze, nel tentativo inutile di star ritto col busto. Una chiazza di sangue rappreso sulla camicia.

"Sei Stilo?"

"No. Sono uno che gli assomiglia come un goccia d'acqua."

"Come fai a saperlo? Allora lo conosci."

"Non lo conosco. Ma mi sono sentito ripetere mille volte: assomigli a Stilo come una goccia d'acqua."

"Faceva paura, Stilo, eh?"

"Sì. Dalle mie parti faceva paura."

"Sai cosa ha fatto Stilo?"

"No. Non lo so."

Glielo spiegarono. Una torva leggenda circolava su di lui. Lo chiamavano il Becchino che ride, perché aveva conosciuto e praticato le foibe, e si divertiva ad ammazzare, interrare, e spesso interrava i feriti ancora vivi. Raccontavano che aveva capeggiato manipoli della Repubblica Sociale, poi si era perso sui monti, cambiando bandiera e mettendosi il fazzoletto rosso al collo. Per lui, una raffica risolveva tutto: "Tu, vieni un po' qui con me". E giù una raffica. E via uno, sotto l'altro. A furia di scambiare il nero col rosso, non lo sapeva più nemmeno lui di che colore fosse la sua coscienza. Non era tuttavia un problema. Dato che al posto della coscienza aveva un crepaccio.

Il Colonnello partigiano continuò l'interrogatorio. Aveva posato una pistola in bella mostra davanti a sé. A tratti, infilava l'indice sotto il grilletto e faceva ruotare la pistola su se stessa:

"Dobbiamo ucciderti, capisci?"

"Non sono Stilo."

"Allora devi dire come ti chiami. Nome e cognome. E perché porti quel giubbotto da fascista. Fortuna che ti hanno strappato i gradi."

"Il giubbotto l'ho rubato. Perché avevo freddo."

"Nome e cognome."

"Io sono niente, Colonnello. Un niente con gli stessi tratti di un boia. Il colmo. Già questa è una condanna."

"La condanna la decidiamo noi."

Sollevando la testa, con un inatteso gesto di superiorità, Stilo reagì:

"Tanto daffare per un niente, Colonnello? Se io ci somiglio di faccia, a un boia, quanti di voi ci assomigliano nell'anima?"

Nessuno osò ribattere. Ebbero rispetto del suo coraggio, e della prova evidente che la vita non gli stava a cuore più di tanto:

"Faccio da me" concluse colui che era Stilo o forse no. Chiese un fucile carico. Glielo consegnarono, più che altro per la curiosità di vedere come andava a finire. Il sosia del niente, o forse del tutto, impugnò la canna del fucile piantandolo davanti a sé. Appoggiò la testa sulla canna e, spingendosi nella gola la piccola bocca da fuoco, si abbandonò a tutta la stanchezza che si portava nelle ossa.

Allora – raccontano – dalla folla uscì mia madre, decidendo con rapidità di riflessi che non doveva opporre alcuna reazione che risultasse eccessiva. Sarebbe stata fatale. Doveva parlargli, invece, con dolcezza, anche se vedeva che il braccio dell'uomo accennava ad abbassarsi, il dito a scendere lentamente verso il grilletto.

Mia madre posò la sua su quella mano, non per fermarla, per accarezzarla. La sentiva scivolare giù, a poco a poco, ma manteneva leggere le mosse delle sue dita su quel dito. Rifletteva sull'assurdo che fosse un gesto così a legare la sua vita a quella di uno sconosciuto. Quando le fu chiaro che il dito dell'uomo si era bloccato a pochi centimetri dal grilletto, solo allora staccò la mano. Si rivolse al Colonnello:

"Lasciatelo campare. Per questa cosa di cui io sono stata capace... Come si può uccidere un uomo a immagine e somiglianza? Può esserlo di un boia, ma lo è certamente anche di Dio."»

«... Ero certo che fosse il venticello d'estate ad accarezzarmi le dita sul bordo del parapetto, ma il vento corre via, non si ferma con un tocco umano. Perciò ebbi uguale certezza che fosse la tua mano che accarezzava le mie dita.

Anche di me avevano fatto il sosia di un mostro.

Lasciai la mano sotto quella carezza che forse esisteva o forse no.

Per questo non mi sono ucciso.»

III

Il secondo presentimento

Ero tornato a trovarla, a Parma. Avevo camminato per la città, nelle sue strade e borghi che non vedevo da tempo, perché era una di quelle mattine che l'estate sta a ronzarti intorno come un vespone e gira, rigira, e non capisci dove voglia andare a parare, e ti dici, per quell'aria pigra che sordamente ti aizza: oggi, qualcosa deve capitare. Mentre le tinte si caricano troppo, ed è troppo il blu elettrico del cielo, e la chiarità delle strade, e troppo carichi i sensi dove l'estate insinua presentimenti tutti suoi.

Avevo quella mattinata addosso quando sono entrato e l'ho avuta di fronte. Senza alzare la testa, mi ha detto:

«Siediti, garibaldino. Finisco qui, e dopo parliamo.»

Con estrema concentrazione, mia madre si apprestava ad affondare la punta di un pennellino nell'occhio di una testa dipinta su un vaso, per dare una pupilla al tondo bianco di quel globo oculare. Era brava, in queste cose. Amava dipingere figure e scene di fantasia sugli oggetti. Mai l'avevo scoperta con la mente così sgombra e leggera: lo capivo dall'intensità con cui si dedicava a tracciare quel segnetto da nulla, badando che la mano non avesse uno scarto, affinché la pupilla si incidesse ferma, sicura.

Perché, d'improvviso all'erta, cercavo di cogliere

ogni fruscio e riflesso che venivano dal piccolo giardino adiacente, attraverso le finestre aperte? Perché mi parevano strani segnali le ombre che gli alberi proiettavano sulle pareti della stanza?

Mia madre restava il solo filo di Arianna in un labirinto dove persino belve umane si erano tolte il capriccio di balzarmi addosso, dove anche i miei anni correvano verso la resa dei conti.

Ci sono momenti – mi trovai a convenire – che bisogna allontanarla la parola "addio". Mentre non capivo per quale ragione quella parola mi sfiorasse la mente, me lo ripetevo: ci sono momenti che bisogna allontanarla, specie quando ti accorgi che il mondo è lì, apparentemente smemorato e distratto nella sua innocenza, chissà per quale inaspettato stato di grazia, dopo tante peripezie; è lì che cerca di fare le cose semplici e come si deve, tirando fuori la punta della lingua, come mia madre, e tenendo la mano ferma sul pennellino, perché un punto d'azzurro gli riesca bene.

Così pensavo, fissando mia madre, senza alcuna ragione precisa.

Hanno suonato alla porta. Mia madre ha premuto il pulsante e la porta si è aperta con uno scatto. Non ha inquadrato nessuno. Solo il pianerottolo deserto. Con un sorriso al vuoto, lei ha detto, benevolmente:

«Entra, Simone.»

Rimasi colpito dalla grazia del volto che si affacciò, mentre il corpo restava nascosto dietro lo stipite: i grandi occhi chiari, la perfezione del naso, della bocca.

«Di cosa hai paura, Simone? Ecco, guarda, questo è mio figlio Alberto. Mi hai detto tante volte che volevi conoscerlo. Avanti, vieni a salutarlo, come ti ho insegnato a salutare le persone amiche.» Mi precisò: «Ha letto i tuoi libri, sai. E ne ha parlato spesso con me».

Il ragazzo girò semplicemente gli occhi verso di me, occhi privi di sorpresa, solo calamitati dalla mia presenza, come fa un volatile che piega la testa e scruta se qualcuno lo scuote dalla sua immobilità, tenendosi al riparo della gabbia.

E mia madre, tranquilla:

«Simone è molto intelligente. Troppo, vero Simone?» si toccò la fronte. «Il suo guaio sta qui... Qui c'è troppo e altrove troppo poco. Dio distribuisce sempre male i suoi doni.»

Gli occhi, e poi un occhio soltanto di Simone, dove l'azzurro era luminoso e dipinto bene, simile a quello che mia madre era riuscita a insinuare nella testa tracciata sul vaso. Lei ha indicato un tavolino:

«Guarda, è là sopra. Spero che ti piaccia.»

Un sorriso fuggevole del ragazzo, come una contrazione nervosa. Poi, Simone è stato una freccia. È scattato da dietro la porta al tavolino, ha afferrato il piccolo telescopio variopinto, ed è tornato a nascondersi, mostrando solo la faccia.

«Ti piace, Simone? Era quello che volevi?»

«Molto bello. Bellissimo.»

Una voce roca, che contrastava con la sua espressione. Ha puntato il telescopio nella mia direzione. E ora rideva, ma di un riso meccanico, freddo.

«Allora, vieni qui e dammi un bacio.»

Lui non le ha ubbidito. Scrutava ora me, ora mia madre, perplesso.

«Simone è sempre lì che studia. E sa tutto. Di storia, di matematica. Sa persino delle stelle e dei firmamenti. E suona il pianoforte che è una meraviglia. Quando è nervoso, sembra una bestiola selvatica... Invece di carattere è dolcissimo. Ed è obbediente. Se gli chiedi di fare una cosa che gli pare giusta, lui esegue immediatamente. Anche se è una cosa difficile. Anzi, più è difficile, più la fa con entusiasmo.»

«Però adesso non ti sta obbedendo» ho obiettato. «Non è venuto a darti il bacio che gli hai chiesto.»

Mia madre si è fatta immediatamente assorta, ha deposto il pennellino. Poi ha alzato gli occhi e mi ha fissato:

«Per chi nasce come lui, o lo diventa... può essere difficile dare un bacio. Uno può essere un genio come Leonardo, eppure un bacio, una cosa così bella e così semplice, non la sa dare.» Continuava a scrutarmi a fondo, e ho capito subito che voleva indurmi a ricordare: «Io lo so per esperienza, garibaldino, e anche tu dovresti saperlo... quanto può costare... dare un bacio».

Ora mi era chiaro che mia madre aveva conosciuto Simone nell'Ospedale dove, dopo quella che lei definiva "la mia detenzione", tornava spesso a trovare i pochi che erano rimasti. I "superstiti", li chiamava.

«Vuoi farmi arrabbiare, Simone?»

«No.»

«Vuoi diventare un garibaldino come mio figlio Alberto?»

«Sì.»

«Allora giurami che sarai gentile e obbediente quando io non ci sarò più, e magari sarà lui, qualche volta, a cercare di aiutarti.»

Al ragazzo costò uno sforzo pronunciare: «Giuro». Ma lo ripeté più di una volta: «Giuro... Giuro». E si mise le dita in croce sulla bocca.

In quel momento l'ho avvertito, in me, con precisione. Per le parole di mia madre che aveva accennato all'eventualità della sua scomparsa, per il giuramento con cui Simone aveva confermato quelle parole... Ho avvertito il presentimento come un serpente annidato sul fondo. Avrei voluto reagire. Ma una voce mi diceva: non darci peso, non devi... Simone mi ha lanciato un "ciao" che si è stampato nell'aria con troppa sonorità, poi è corso via.

Mia madre ha scosso la testa:

«Povero Simone.»

«Per quale ragione è stato in Ospedale?»

«Ci sta ancora. Ci va a dormire. Non ha altro posto dove andare.»

«Qual è il suo male?»

«Se lo chiedi a un medico di quelli nostri, che stanno peggio di noi, ti fa una testa così con parole che sono aria, e non concludono nulla... La sindrome. E giù nomi difficili, chi più ne ha più ne metta. Parlassero, piuttosto, della sindrome dei medici psichiatri, peggio dei politici ciarlatani che tengono comizi... Noi scambiavamo apposta sindrome con Sindone, quella con cui ci avvolgevano, e di noi facevano un pacco col timbro delle nostre impronte. E chi può dire se la Sindone fu davvero sacra, e avvolse il corpo di Cristo, oppure il lenzuolo di un povero cristo qualunque, sepolto col suo delirio?»

Non riuscivo a replicare.

«Il male di Simone, te l'ho detto, è la troppa intelligenza. Tu potresti dire che la troppa intelligenza non è un male. Lo è, invece, quando il cervello è un padrone troppo avido e arrogante, che si prende tutto, deruba i sensi e li lascia vuoti come arselle. Così un disgraziato può provare, dentro di sé, sentimenti, emozioni, odio, amore, ma siccome non li vive coi sensi, non li può esprimere, non può servirsene per comunicare... Questo è il caso di Simone.»

Mi ha preso le mani:

«La cura ci sarebbe. Ma è la medicina che è rara. A volte introvabile... L'amore, garibaldino, l'amore degli altri.»

Mi piaceva che mi tenesse le mani nelle sue, con un gesto che non faceva da anni. Erano calde, morbide:

«Io ho fatto il possibile. Però quante cose lascerò in sospeso, quando...»

Ne ebbi conferma. Era il sesto senso con cui proprio lei mi aveva contagiato. Il sesto senso del suo prossimo addio. Per qualche tempo, ne feci un esorcismo mentale. Lo concentrai nelle vaghèzie per cui mia madre era stata esaltata, nel compilare un amoroso catalogo di queste prove della sua calda vitalità: come se avesse avuto il sortilegio di rimandare il momento.

... Spariva da casa. Ma che differenza con le sue fughe di un tempo. Era una piacevole, bizzarra evasione.

Una volta, l'ho seguita.

Si inoltrava nella vegetazione che costeggiava la periferia. Si dirigeva agli argini con la civetteria di una ragazza che va a un appuntamento e si controlla il trucco, il vestito. Di spalle, non appariva affatto vecchia. La figura era slanciata e armoniosa, il portamento impeccabile. Non c'era nessuno lungo l'argine, eppure lei dava l'impressione di incrociare molte persone, da cui si sentiva scrutata. Era bello vederla salutare i fantasmi che le venivano incontro, con la gentilezza dell'amicizia.

Sembrava davvero diretta a un appuntamento d'amore. Mi sono fatto largo nella vegetazione per stare al passo di una donna che dominava l'argine con un'eleganza e una sensualità sopravvissute agli anni, di cui era cosciente. Che sentimento puro tornava a unirci, benché io mi muovessi furtivamente, lei esposta. Ma non avevamo sempre vissuto così i nostri incontri più profondi? Sarà che esistono sentimenti indefinibili e solo memorabili. Non c'è altro modo per viverli.

Certi scorci attiravano la sua attenzione, e lei si fermava, indecisa: ricordi legati a quei luoghi dovevano assalirla, poi decideva di proseguire. Oppure erano musiche a farla rallentare, canzoni diffuse dagli altoparlanti delle melonere lontane, appesi fra i tendoni bianchi e le distese delle cocomere.

Mi chiedevo giocosamente: quale amante starà per apparire?

Lei si è fermata d'improvviso, si è girata scrutando nella mia direzione, ha teso la mano verso la fila dei pioppelli giovani che mi nascondevano. Ho letto sulle sue labbra: "Dài, vieni fuori, garibaldino".

Il teatro di due ironie, la mia, la sua. L'amabile punizione della mia curiosità. Da quel giorno, le rare volte che mi è stato possibile, abbiamo camminato insieme lungo gli argini.

L'apparizione di Simone

Simone arrivava in bicicletta. Legava la bicicletta con la catena. Saliva reggendo una grossa borsa. Si sedeva, o si inginocchiava sul pavimento, di fronte a mia madre. Ho spiato qualche loro incontro, restandone affascinato, anche divertito. Simone non era più lo stesso che, intimorito dalla mia presenza, mi era apparso la prima volta. Sgraziato in certi movimenti del corpo, ma più sicuro di sé, della propria intelligenza e cultura superiori alla media.

Con poche parole, mia madre me l'aveva descritto bene.

Avrei conosciuto, in seguito, i suoi disturbi psicotici che dissociavano, dalla realtà del quotidiano, una mente iperdotata per compensazione. E creavano una barriera fra i suoi stimoli sensoriali e la possibilità di trasmetterli.

Li vedevo confabulare. I due avevano un loro codice: nel parlarsi, nell'ascoltarsi. Scoprivo che l'Ospedale Psichiatrico impone il proprio codice fra i simili, come il carcere.

Simone toglieva dalla grossa borsa una quantità di cassette riprodotte (aveva installato lui il videoregistratore). Negli anni, avevo regalato a mia madre registratori di ogni tipo, fino agli ultimi e più sofisticati, in grado di riprodurre i suoni anche a discreta distanza e di tornare automaticamente daccapo, così le incisioni potevano ripetersi all'infinito.

Le piaceva registrare la propria voce:

«Una specie di estasi, garibaldino.»

Non mi ha mai chiesto altro regalo:

«Se proprio vuoi, un registratorino nuovo. Di una forma speciale, magari. Esiste a forma d'orecchio?»

L'ultima volta mi aveva scritto:

«Mandamene uno che sia come una favolosa conchiglia marina.»

Cercavo di accontentarla. Ne aveva una collezione, sparsi ovunque, in camera da letto, in cucina, in salotto. E quando la solitudine si faceva più pesante da sopportare, lei era capace di azionarne più d'uno contemporaneamente. Le stanze si colmavano della sua voce che si moltiplicava in tante voci, ciascuna delle quali insinuava un discorso diverso, confessioni e segreti differenti: perciò la casa si trasformava in una sua Babele personale, e lei aveva la sensazione felice di generare una moltitudine parlante, e il suo ritrovarsi sola non esisteva più, esisteva quella piccola folla come di individui che intrecciavano nell'aria le storie che raccontava a se stessa, gli avvertimenti che dava al vuoto e al silenzio, le sue risate a volte, e il suo piangere.

Troppo a lungo la sua bocca era stata murata dal silenzio. Simone lo sapeva bene, ed era riuscito ad abituarla anche a musiche, canzoni, notizie dal mondo. L'ascolto poteva essere interrotto da un improvviso bisogno di confidarsi. Mia madre impartiva a Simone lezioni sulla vita semplice, Simone la ricambiava, a modo suo, con lezioni sulla vita bizzarra.

«Me le farai conoscere, Simone, le tue ragazze?»

«Io ho molte ragazze, signora Lisa.»

«Bravo.»

«Un sacco di ragazze che non mi vogliono.»

«E perché non ti vogliono? Sei un bel ragazzo, Simone.»

«Passabile di faccia. Ma cammino male, signora Lisa.»

«E tu cammina dritto. Come ti raccomando sempre io. Perché non cammini dritto, Simone?»

«Per far dispetto a quelli che camminano dritto solo con le gambe e vorrebbero che facessi come loro. E poi non è per questo che le ragazze non mi vogliono. È perché sono cattive. Le donne sono serpi cattive, signora Lisa.»

Mia madre sospirava.

«Mi scusi, signora Lisa. Lei è una donna particolare, una mosca bianca. Ma anche i Padri della Chiesa non ci vanno leggeri con le donne. Il loro parere suona esattamente: "La donna è l'esca del Demonio, foresta d'orgoglio, porta dell'Inferno, testa della Gorgone, basilisco feroce, mostro vizioso"... Lei sa cos'è il basilisco, signora Lisa?»

«No. E non ci tengo a saperlo. E poi non chiamarmi sempre signora Lisa. Mi fai girare la testa con questa signora Lisa. Mi suona come l'"amen" nelle tiritere in chiesa.»

«E come devo chiamarla?»

«Non chiamarmi. Parlami. Guardami. È sufficiente.»

«E allora perché lei mi chiama sempre Simone? Simone, Simone... Anche a me suona come un "amen". Perché non ho mai saputo chi me l'ha messo, questo nome. Mia madre no, dato che non so chi fu. Mio padre no, perché penso che neanche mia madre sapeva chi fosse... Soltanto del mio nome so tutto. L'ho studiato alla perfezione. Storia, santi e tendenze psichiche... Vuole conoscerle, le tendenze psichiche? Nel manuale *Magia dei nomi* le coincidenze con me sono impressionanti.»

E mia madre, paziente:

«Sentiamo.»

«Gli uomini che portano questo nome sembrano seri, metodici. Ma riservano impensabili sorprese. Sembrano freddi e scostanti, ma anche qui... La mancanza di reazioni emotive evidenti non significa però che non siano capaci di provare sentimenti profondi... Trasmetterli è un'altra faccenda.»

«Esatto. Quello che ti ripeto sempre io. Ma perché non li trasmetti? Perché ti chiudi come un riccio?»

«Per far dispetto alle canaglie, tutti quanti canaglie, che si dichiarano generosi di sentimenti profondi, mentre dentro non provano niente, sono aridi come il deserto... E vuole sapere i santi? Pazzesche analogie anche con i santi.»

«E va bene, se sono pazzesche, sentiamole.»

«I più noti sono due. Simone il Vecchio, detto lo Stilita, e Simone il Giovane. Il primo trascorse trentacinque anni appollaiato sopra un pilastro. Il secondo, battendo il record, visse allo stesso modo per settantotto anni. E poi dicono a me che sono da manicomio... Ma, in nome di Dio, mi chiedo: quando c'è salito, sul pilastro, il Giovane?»

Simone s'imbambolava. Mia madre conveniva:

«Be', in verità, bel rebus.»

«Una madre puttana, mi scusi signora Lisa, qui ci vuole, l'ha abbandonato come un gufo sul pilastro, appena nato, e addio Lugano bella. Come dev'essere capitato a me.»

Nel videoregistratore, l'immagine bloccata di un documentario sulla storia delle religioni. E mia madre:

«Continua il racconto che mi stavi facendo.»

«Non me lo ricordo più...»

«Se vuoi, puoi ricordartelo.»
«Non mi ricordo niente.»
«L'Inno della Creazione...»
Simone, in questi casi, ripartiva di scatto, come se il tasto "play" lo premesse nella propria testa:
«"In principio era il buio, nascosto dal buio."»
«E questo l'ho capito.»
«Ma qui entrano in gioco gli Dei solari, che ebbero esatto l'intuito dell'Universo...»
Citava a memoria, Simone? Improvvisava?
«La differenza fra il Cristianesimo e le religioni solari è fondamentale: gli Dei solari si lanciavano nelle fiamme e morivano per guadagnare l'immortalità, mentre Cristo, già padrone del suo essere immortale, muore per salvare l'umanità.»
Simone s'interrompeva. Guardava per aria, desolato. Anche mia madre guardava per aria con la stessa espressione. "Quale umanità?" sembravano chiedersi. "Quale umanità salvata, mio Dio?" Mia madre proponeva:
«Meglio se metti una canzonetta.»
Simone non aspettava altro. Infervorato, frugava fra le cassette. Passava a uno dei registratori. Mia madre non fingeva quando ascoltava, attenta, motivi ben lontani da quelli della sua gioventù: *No! Mamma, no!* di Renato Zero, o tutto Battisti, o *Il silenzio del rumore* di Franco Battiato... Senza controllare la sua euforia, Simone infilava cassette su cassette, se scontento le sostituiva dopo l'avvio, annunciando:
«Questo brano le sembrerà stupido, ma c'è un qualcosa, un qualcosa...»
A volte, si spingeva oltre nei gusti personali, fino a *Le sòrti de un pianeta* dei Pitura Freska o, con un'occhiata sorniona da sotto in su, a *Solo una sana e consapevole libidine salva il giovane dallo stress e dall'Azione*

Cattolica, di Fornaciari Adelmo, fra i suoi preferiti. Mia madre chiedeva:

«Ma non è lo Zucchero delle parti nostre? I reggiani hanno la testa quadra. Solo un reggiano può farsi chiamare Zucchero. Un parmigiano si vergognerebbe.»

«Certo che è Zucchero. Se preferisce metto una chicca: *Senza una donna*, inciso con Paul Young, il magico, il più grande cantante di "soul bianco".»

«Metti *Madre dolcissima*.»

Mi sono chiesto: se l'avessi sottoposta io a quegli ascolti? Come avrebbe reagito? Credevo di conoscerli nei termini minimi e massimi, i suoi comportamenti. Dovevo convenire che certi aspetti, futili, giocosi, mi erano sfuggiti?

I documentari che Simone affidava al videoregistratore riguardavano, per lo più, gli antichi miti, le leggende sui continenti perduti: Atlantide, Lemuria battuta dalle onde del Pacifico, e che secondo i mistici è il luogo della nascita della razza umana. O le misteriose avventure del Cosmo, i capricci dell'Universo: "Perché a conoscerli, quei capricci che sono spesso paurosi e crudeli, noi ci sentiamo meno colpevoli". O i capolavori dell'arte, con una sorprendente preferenza per l'Arcimboldo, alle cui figure allegoriche attribuiva significati che, probabilmente, aveva letto in qualche testo.

Simone si trasformava in insegnante puntiglioso:

«Nell'Arcimboldo il reale si alimenta con l'irreale, il razionale con l'irrazionale, la vita terrena con l'aldilà.»

Mia madre chiedeva più modestamente:

«Non ci sarebbe un bel documentario su Parigi?»

«Parigi? Ma è roba scontata, banale.»

«Sarà scontata e banale, ma a me piacerebbe. Parigi è sempre stato il mio sogno.»

«I sogni, in genere, sono difficili da realizzare. Questo è semplice come girare l'angolo. Uno sale su un aereo, ed eccolo già lì, a Parigi.»

«Già. A me non è riuscito. Avrei amato viaggiare. L'ho fatto un po' in gioventù. Poi, finito. Solo un salto a Sabbioneta con mio figlio, negli ultimi anni, il giorno della mia festa. Altrimenti, nient'altro che viaggi nella testa mia, viaggi come i tuoi, nella testa tua, da dimenticare.»

Restavano entrambi a fissare un punto, ciascuno il proprio. Riflettevano sulle proprie sventure, poi smettevano di rifletterci. Non pensavano a nulla, lasciavano che il vuoto, come un vento, spazzasse via tutto: visioni, suoni, ricordi. Si tenevano per mano. La discesa del vuoto nel loro cervello era sempre un'avventura. Il vuoto come un elettroshock senza scosse, morbido e spietato. Bisognava aspettare con pazienza perché facesse effetto. Tutte le sfumature del vuoto, dove nulla si spiega, nulla si insegna.

«Alla prossima volta.»

«Alla prossima volta.»

«Comunque grazie di essere venuto a farmi compagnia.»

Simone avrebbe voluto ricambiare il grazie, ma stava zitto. Finito il farsi compagnia, anche il suo compito finiva, il suo meccanismo di contatto si bloccava. Mia madre l'aiutava a risistemare tutto dentro la grossa borsa. Lo aiutava a mettersi in piedi. Simone la lasciava fare chiedendo continuamente scusa, perché scivolava in giù, verso terra, e per mia madre diventava un peso anche maggiore da rialzare:

«Su, che ce la fai... Ci rivedremo presto. Domani, se vuoi.»

Allora, la speranza faceva tornare in Simone la forza sufficiente per infilare la porta:

«La trovo, vero? Mi giuri che domani si farà trovare.»

La guardava fisso negli occhi. Come per guadagnarsi una verità. Era questa, per lui, la fatica più grande: guadagnarsi dagli altri una verità in cui poter credere o non credere, sapendo comunque che c'è.
«Giuri che mi concederà sempre un po' di fiducia.»

... Era una mattinata di neve.
Cadeva rasente i vetri delle finestre. Cadeva soprattutto nei loro occhi. Quella morbidezza attorno al loro guardare.
«Allora, Simone?»
«Allora le ho portato Parigi. Come mi aveva chiesto.»
Mia madre gli avrebbe accarezzato volentieri la testa. Ma non poteva. Simone si era seduto sul pavimento lontano da lei, a disagio, come se stesse per piovergli addosso una punizione. Fece il gesto rapido di afferrare la cassetta per rimetterla nella borsa, ma la sfiorò soltanto, la lasciò dov'era, rassegnato, ripetendo senza senso, per dare almeno una voce alla propria stanchezza:
«C'è la neve... E io ho paura della neve.»
Mia madre stava in silenzio. Quando intuiva che nel ragazzo scattava uno dei suoi lampi "di genio a sghimbescio", per usare una sua espressione, gli concedeva di dire, smentirsi, agire, restare immobile. Si aspettava di tutto, da quei lampi.
«Le giuro che la neve mi fa paura. Perché mi cade nelle ossa, la neve. La neve è ipocrita, lo sa? Viene giù lemme lemme nelle ossa, che sembra niente, sembra velluto, ma poi le ossa te le taglia come un rasoio.»
Mia madre infilò la cassetta nel videoregistratore:
«Cos'hai combinato, stavolta?»
Simone girò via la faccia, guardò di nuovo la neve, ne ebbe un brivido, e subito riportò la faccia fra le ginocchia:

«La neve, la neve...»

Lo schermo s'illuminò delle strade di Parigi, strade, scorci, palazzi, il cielo di Parigi, e d'improvviso, sotto una coltre di nubi rosse, una grande insegna: "La balade de l'amour"... Simone nascondeva la faccia e ripeteva ossessivamente:

«La "Mostra del Bacio"... La "Mostra del Bacio"» cambiò il tono della voce, lo fece più roco, come sempre quando si sentiva in colpa. «A Parigi organizzano anche queste cose: una mostra per celebrare l'atto d'amore universale: il bacio... Immagini dei baci più celebri della storia dell'arte, del cinema, i baci resi melodia da indimenticabili canzoni...»

Piangeva sommessamente, ora, Simone.

Per quel "bacio" che i suoi disturbi psicotici gli negavano. Che il male aveva negato a lungo a mia madre...

Lei bloccò la visione. Per qualche istante, restarono lì, a dondolare le teste, per esprimere quel "Mah!" che a volte il mondo esclama verso se stesso, quando capisce di essere squilibrato. Poi mia madre ci ripensò. Fece ripartire. Sfilarono i titoli di testa, che Simone traduceva: «Baci romantici, baci colpevoli, baci innocenti, baci simbolici, baci deferenti (il baciamano), baci crudeli (il boss mafioso che indica così il prossimo condannato a morte), baci umili (il Papa che bacia i piedi di un malato), baci memorabili (specie quelli dell'addio), baci traditori (il più infame, quello di Giuda), baci lascivi, baci furtivi...».

Mia madre si fece curiosa. E via via prese a guardare con gli occhi vivi di una gioia quasi rabbiosa.

... Cary Grant e Ingrid Bergman affiorarono alla luce. Era la gigantografia del loro interminabile bacio in *Notorius*. La curiosità cominciò a spaziare, andò oltre le immagini proiettate, diventò altre immagini, giudizio e ironia su altre immagini vissute:

«Com'erano belli gli attori di una volta. E il mio

Mario, che allora non mi aveva ancora sposato, era bello come loro... Io me lo fissavo, poco più che ragazzina, e con la fantasia me lo incorniciavo, mi sembrava di starlo a vedere al cinema, lui lontano da me nella sua piccola gloria, a recitare una parte in una trama che non conoscevo, da cui ero esclusa... Ma a momenti, come per incanto, dallo schermo faceva l'occhiolino a me, sperduta nell'ultima fila di un cinemino di periferia. E fantasticavo che gli spettatori subito si voltassero a chiedermi: "È proprio a lei che ha fatto l'occhiolino?".»

Interminabile davvero il bacio di *Notorius*.

«E quando gli prendeva un rimorso per avermi fatto un torto, il mio Mario mi cercava, mi avrebbe trovata anche in capo al mondo, e allora mi baciava così, senza darmi respiro, soffocandomi parole e fiato. Io mi dicevo: "Fammi pure tutti i torti che vuoi, se poi arrivi e mi baci così per farti perdonare, caso mai vieni più spesso a farti perdonare".»

... in una gigantografia di *Via col vento*, ora Clark Gable baciava Rossella O'Hara. E mia madre spiegava a Simone:

«Lo vedi che il bell'avventuriero, invece, bacia falso? Come tutti quelli che hanno le orecchie a sventola, e si considerano dei padreterni, e magari sono dei manigoldi, ma credono di non averci niente da farsi perdonare... Per baciare bene, bisogna sempre avere qualcosa da farsi perdonare.»

Simone si stava frugando dentro la testa per trovarci almeno una pagliuzza da farsi perdonare, ma non trovava nulla, la sua testa la vedeva tirata a lucido, nemmeno un granello di polvere. Forse per questo... Conveniva che gli altri, uomini e donne, hanno paura dell'onestà assoluta, hanno paura persino di contagiarsene con un bacio, e un po' di ragione ce l'avevano, perché ritrovarsi addosso l'onestà assoluta è spesso una disgrazia.

... e sotto un bacio di Rodolfo Valentino avevano messo una canzone italiana, il ritmo sincopato di Alberto Rabagliati: "Ba-ba-baciami piccina...". Mia madre si rivide nella stanzetta della neve, diventò tutta rossa:

«Perché mi guardi così, Simone?»

«Mi scusi, ma è lei che mi guarda così. Come se avesse qualcosa da farsi perdonare, forse è quel qualcosa che serve al bacio...»

«In certi casi serve a molto, molto di più.»

... Marilyn Monroe e il suo sensuale *Kiss*.

Simone si sorprese perché mia madre reagì con un immediato senso di pena per l'attrice, e mormorò: «Putlèta!»: povera bambina.

... ci fu il guizzo di un bacio fra due figurine di Chagall, volanti a cavallo di un gallo gigante. E poi il momento in cui la piccola Drew Barrymore bacia l'alieno E.T., piovuto dal cielo sulla terra: un bacio per far capire che, in nome dell'infanzia e della favola, non esistono più né emarginati né mostri...

Simone si chiese se l'essere considerato da manicomio gli avrebbe consentito d'imbattersi in una creatura piovuta dal cielo, gli sarebbe bastato che avesse qualche fattezza femminile. Ma forse era lui che era piovuto dal cielo, e non lo sapeva...

... Prima della svolta che si verificò l'ultima notte dell'anno, ci fu il piccolo enigma del *Figlio evitato*.

Riflettevo che, nel bilancio negativo di molti aspetti della mia vita, il male di mia madre si era imposto. Con effetti radicali, alcuni devastanti. Dovevo riconoscerlo con rassegnata amarezza.

Avevo pagato i conti che lei aveva lasciato in sospeso dopo essere stata dilapidata. In me si era fatto ossessivo il pensiero che non ero padre, traumi e contagi materni mi avevano impedito di esserlo.

Ne era nata una poesia. Fra le mie che considero più belle. L'avevo dedicata al figlio che non avevo avuto... La tenevo in vista sul mio tavolo di lavoro. Andavo a rileggerla per provarne una pietà tutta mia, per farmi del male.

Un giorno, il foglio con la poesia scomparve. Quei versi a cui avevo dato il titolo *Figlio evitato*:

«... è nello sguardo chiaro – che potresti avere, è nel tuo guardarmi – furtivo, mentre sono distratto, – che mi capita di pensarti, – figlio – che non ho voluto per deliberato amarti

– potrebbero, se tu fossi esistito, – essere le nostre vite – strette l'un l'altra – come piccole scimmie freddolose – al vento di questa sera – ... ti avrei al mio fianco a camminare – in false distanze, scorci – di pensiero anch'esso di prospettico inganno – ... o forse – mi potresti persino detestare

– avresti potuto – essere il mio orgoglio, dicono, – ma il mio orgoglio è l'averti risparmiato – l'ora della penombra – che affila la lama: – tu solo puoi dire – se fu errore e in che misura – non averti dato in pasto alla specie – ... tu solo capire – che con la forza del vuoto ti ho piena, – mia statuina sacra, – mio geranio a cui do acqua – alla primora del giorno, – e giorno non c'è che mi dimentichi

– ... ci troveremo là dove si sta nel prima – e al prima si torna, – rispondimi: perché avrei dovuto – infliggerti le devianze di una via – per un calvario breve? – mi vedrai un giorno apparire, – mi lascerai, io spero, – il posto a sedere – accanto a te: ricordati, se puoi, – di toccarmi almeno le mani – nelle mie mani le piaghe – del non averti – mai accarezzato la fronte da vivo

– ... delle primavere, delle donne che avresti – potuto avere – è fatta questa vastità della mia solitudine; – mi vanto solo di questo: – non ho buttato nel pattume nessuno.»

Ho ritrovato il foglio con la poesia tempo dopo, fra le pagine del Diario di mia madre.

L'ultima notte dell'anno. Due anni fa.

La giornata era corsa via serenamente animata. Mia sorella e suo marito greco erano arrivati da Atene.

Un po' di neve sui davanzali, il cielo schietto nelle finestre.

Lettera su un anno che finiva

«... Cara madre, stavi parlando del tango.

Ne parlavi con una passione che ci contagiava. Era sempre stato il tuo ballo preferito. Sulla parete della camera da pranzo, l'ingrandimento di una fotografia che ti raffigurava giovane, nemmeno ventenne, in un passo da tanghéra provetta, allacciata a mio padre.

Lucidamente ricordavi dei versi sul tango, sorridendo verso di me, perché io te li avevo fatti imparare anni prima. Li recitavi bene; ogni volta che li interpretavi con le mani che accarezzavano l'aria accompagnando le parole, ti illuminavano il volto. Anche se ignoravi chi li aveva scritti. Eppure un giorno ti avevo indicato un uomo cieco, fermo davanti al portale del Battistero, con la fierezza di chi sa di contemplare un capolavoro, con la sottomissione di non poterlo vedere. Ti dissi:

"Vedi? Quello è un poeta. Un grande poeta."

E tu avevi risposto, a fiuto:

"Ha una fierezza spagnola."

Avevi quasi indovinato. Era Borges. Quei versi sul tango erano di Jorge Luis Borges: "Tango che fosti felice – come son stato anch'io, – come mi dice il ricordo, – il ricordo o l'oblio".

Ci spiegavi la comunione di due corpi che si adattano e si completano a vicenda. Giravi intorno lo sguardo, contenta di poter incantare i due giovani nipoti, poi mi fissavi precisando, con una punta di malizia, che il tango è visto come una musica d'amore appassionato, ma non lo è. È la musica della solitudine e della lussuria, e a questa parola insinuavi un sorriso complice del mio, e la malizia si faceva più forte dell'imbarazzo:

"Ballo intricato, le gambe si intrecciano, tutto il movimento è dalla vita in giù..."

Quando l'anno finiva, ti piaceva ricordare le tue origini spagnole: dei Cantadores che l'arciduchessa Maria Luigia d'Austria aveva chiamato a Parma per i suoi intrattenimenti di Corte, come tanti altri artisti da ogni parte d'Europa. Cantadores si era trasformato in Cantadori, il tuo cognome... La Spagna delle tue origini, un'altra delle tue patrie perdute. Gitani d'Andalusia, cantori da strada – ci raccontavi – i tuoi progenitori avevano avuto un ruolo di rilievo nell'evoluzione del flamenco, ma tu avevi sempre preferito il tango, niente olè, né paso doble, né toros, né hombres con los cojones, e tornavi a ridere, e ridevano i ragazzi, niente a che vedere col tango, nemmeno col "tango andaluso" che del flamenco fu variante, tango da bordelli, "un pensiero triste che si balla":

"Per carità, io sono sempre stata una tanghéra che sprizzava gioia! Una femmina. Non una figurina da carillon."

L'unico viaggio della tua vita, il viaggio vero, ti aveva portato a Siviglia, Cadice, Granada, Malaga, nei luoghi dei tuoi padri, che in ciascuna città andalusa avevano ricostruito il barrio de "La Boca", la vera culla argentina del tango, e strade chiamate "Caminito". Ti sei messa a canticchiare, improvvisandone una melodia:

"Tango che fosti felice – come sono stata anch'io, – come mi dice il ricordo, – il ricordo o l'oblio."

"Come si balla il tango?" ha chiesto uno dei nipoti.

Continuavi a fissarmi. Con occhi lucidi, da febbre. Hai avuto un'esitazione. Per un attimo, ti ho visto una bambina colta in fallo. La domanda del nipote si era scandita, tutti l'avevamo udita con chiarezza. Tu no, evidentemente una folata di pensieri diversi ti aveva distratta. Mi hai indicato il ragazzo:

"Cosa mi ha chiesto?"

"Come si balla il tango."

Un cenno d'assenso. Ma non hai risposto subito. Ti sei concentrata. Possibile che ti costasse uno sforzo ricordare gli stili, i passi del tango, che nessuno meglio di te poteva citare nella loro varietà? Ti sei presa la testa nelle mani. Con una voce appena percettibile, hai mormorato:

"È orribile."

E io, con lo stesso soffio di voce, perché gli altri non udissero:

"Cos'è orribile?"

"Che io non lo sappia."

"Ma tu lo sai" ti ho incoraggiato. "Tu l'hai sempre insegnato a tutti."

"E allora?... E allora?"

Nessuno aveva fatto caso al nostro scambio di parole, al tuo perderti, vacillare. Io, sì, per quel sesto senso che mi aveva spinto oltre i primi sintomi. Ho afferrato un vuoto subitaneo in cui mi è parso di precipitare con te. Ti sei ripresa, brevemente i timbri del tango sono tornati ad animarti. Tuttavia, senza più nascere dalla tua passione, ma da brandelli di memoria che afferravi senza connetterli:

"Un, due, tre, caminada... Media luna... Adelante,

media vuelta... Cambio de frente... Tre, quattro, paso retroceso... Passi lenti e veloci. Uno, due, tre, quattro... Un..."

Mimavi le sequenze e le linee di ballo con le dita. Ma erano passi vaganti senza ritmo. Riprendevi a tratti il ritmo. Lo perdevi di nuovo. Esclamavi: "Avanti, indietro", nonostante le tue dita eseguissero il contrario. Sorridevi soddisfatta senza accorgerti del groviglio: "Tacco!... Passo a lato verso sinistra", mentre le tue dita si arrampicavano all'insù. Poi le tue dita hanno continuato ad andare nell'aria, accompagnate soltanto dal tuo silenzio.

È stato a questo punto che la tua mente si è persa nel groviglio delle simulazioni. Gli altri, intorno, facevano baldoria, io avevo le tue dita sotto gli occhi, che si agitavano come le zampe di un ragno impazzito. Stava per scoccare la mezzanotte, il tappo stava per saltare, i calici pronti. Arrivavano da fuori gli schiamazzi, le musiche a tutto volume. Cominciavano i fuochi artificiali.

È balenata al mio orecchio una tua riflessione sensata:

"Gli anni... Adelante, indietro. Cambio de frente. Tacco!" Hai scosso la testa. "Che tango idiota gli anni di una vita!"

La tua riflessione si è dissolta come una cometa. Ti sei trovata affacciata al nuovo anno con un calice colmo che ti è stato messo nelle mani, e io di fronte a te, che tendevo il mio calice verso il tuo, invitandoti al brindisi augurale, e ti ho pregato, ho cercato di portare verso la mia la tua mano che faceva resistenza:

"Auguri... Ti prego, auguri."

Non contraccambiavi. Fissavi il liquido, ma non lo vedevi, ero cosciente che scrutavi altre visioni entro l'orlo di cristallo, le visioni dell'irrazionale. Mi hai chiesto d'improvviso:

"Come sta tuo figlio?"
Ho saputo, con prontezza, che non dovevo risponderti come sarebbe stato ovvio, ossia secondo logica: "Io non ho figli". Non dovevo nemmeno mostrare sorpresa. Non dovevo smentirti. Dovevo assecondare il tuo assurdo. Ti ho risposto, infatti:
"Sta bene. Tu lo sai che sta bene."
"Sì, che lo so."
Ho avvicinato il mio calice al tuo. Il brindisi è avvenuto. Hai pronunciato a fatica, facendo violenza a te stessa:
"Allora, auguri."
Ma la tua mente non si è sbloccata. Nella mia mente, invece, un lampo...»

...

«... Mi sono rivisto seduto davanti a te, nell'esatta posizione, un giorno di tanti anni prima. Un giorno di fine settembre. Avevo quattordici anni. Stavamo a tavola. Ero tornato da scuola e ti avevo mostrato un "ottimo" segnato sul mio scritto, con tanto di punto esclamativo. E tu:
"Allora, facciamo un cin cin."
Avevi versato allegramente nei bicchieri. Poi, per una cesura istantanea, la tua allegria era scomparsa. Avevi lasciato fermo sulla tovaglia il bicchiere che impugnavi. Io ero rimasto col mio bicchiere a mezz'aria. Senza parole. Senza capire... Ti sei irrigidita. I tuoi occhi socchiusi si sono spalancati: vuoti, un vuoto lontano da me quanto prima mi eri vicina, un vuoto dove la complicità affettuosa si era trasformata nella fissità di un cieco. Non meno vacue le parole:
"Sono contenta che sei il primo della classe."
Era calata su di te una parete di gelo, che ci divideva, come accade quando ti trovi a inciampare nel cor-

po di un compagno che solo un istante prima ti stava parlando della sua disperata voglia di vivere e ora è lì che rotola su se stesso colpito a morte (mi è tornato spesso quel momento, attraversando i campi di battaglia, durante le guerre dove sono stato "inviato"). Ho visto il tuo sguardo correre al coltello da cucina posto al centro della tavola, bloccarsi sulla larga lama luccicante. La fissavi allucinata, balbettavi:

"Togliete quel coltello. In nome di Dio, toglietelo!"

Hai fatto l'atto di prenderlo per scagliarlo via, ma subito ti sei ritratta come se la lama fosse di fuoco. Non mi è sembrata tua la voce che mi diceva:

"Io ti voglio molto bene, lo sai?"

Non riuscivo a risponderti. Una strana stanchezza, buia, buia come la notte, faceva del mio stupore un incubo.

"Dimmi che lo sai!"

"Lo so. Ma non gridare, ti prego."

Invece è stato un grido lancinante:

"Io vivo per te e per tua sorella. Io vi amo con tutta la mia anima. Dimmi che lo sai!"

"Lo so."

"Siete i miei figli, capisci?"

Perché mio padre, seduto a capotavola, restava muto e non interveniva?... Hai lasciato il bicchiere. Ho avvertito le tue dita che cercavano di stringere le mie. Me le storcevi. Mi hai fatto male. Le tue dita erano punte di ghiaccio:

"Due figli belli, intelligenti. E vi ho creati io! Io!" Hai ripetuto ossessivamente: "Io! Vi ho creati io!" come per convincertene. Mai avevo provato una paura così assoluta:

"Perché dici di volermi bene, e mi stai aggredendo?" Ho chiesto aiuto a mio padre. "Perché mi sta parlando in questo modo?"

Mio padre dondolava la testa. Un sacco vuoto sulla

sedia. Poi la testa gli è caduta sulle braccia. Sei tornata a fissarmi. Hai recuperato una parvenza di espressione umana, una smorfia amara, ma umana. Avevi gli occhi rossi come di sangue: trattenevano un piangere che ti ingrossava le vene del collo, che ti usciva con lo squittìo di un topo.

"Perché, mi chiedi?..." Hai guardato in alto, verso quel tuo Dio che – lamentavi – ti aveva chiuso in faccia i cieli della provvidenza. "Voi, me lo chiedete? Sono io che vi chiedo perché. E dovete rispondermi... Perché una madre che ama con tutta l'anima i suoi figli, deve vivere nel terrore di fargli del male?"

Un singhiozzo ti ha spezzato la voce. Sei tornata a rivolgerti a me:

"Tu credi che una madre che vive per te e tua sorella potrebbe farvi del male?... Potrebbe uccidervi? Sì, uccidervi! Proprio io che darei la vita per voi... Dimmelo, devi darmi una risposta!"

Non ci fu il tempo di una risposta. Hai scagliato il bicchiere contro la parete con una violenza di cui non ti sapevo capace, e con la stessa violenza hai afferrato il coltello per affondartelo nel ventre... Una successione fulminea che mi è rimasta negli occhi come di fotogrammi impazziti: io che riuscivo, non so come, a toglierti il coltello dalle mani, tu che lottavi con mio padre che cercava di trattenerti con le poche forze che gli erano rimaste, e ti liberavi dalle sue braccia, lo spingevi indietro sulla sedia, lui rovesciato a terra insieme alla sedia, lui che faceva un ultimo, inutile tentativo, e annaspava con le mani tese in aria, che stringevano il vuoto.

Sei corsa verso la porta, l'hai sbattuta dietro di te, sei volata via. Riverso accanto alla sedia, sotto il peso dell'umiliazione, mio padre mi ha pregato:

"Vai a fermarla, se puoi... Non lasciarla scappare... Che non faccia una sciocchezza."

È stata la prima volta che anch'io sono corso fuori, a rincorrerti, a cercarti, a trovarti.»

...

... Quell'ultima notte dell'anno mi bloccò a Parma. Lasciai perdere gli impegni di lavoro, i contatti romani. Restai per capire, provvedere: in qualsiasi modo, a qualsiasi costo.

La mattina, entravo nella camera di mia madre e fissavo la scriminatura fra i suoi capelli che sembravano non risentire del tempo, e avevano mantenuto quasi intatto il loro rosso tiziano. Appena sveglia, lei si sedeva come sempre davanti allo specchio e se li pettinava con cura meticolosa. Una pazienza sorridente nel muovere il pettine. A tratti girava la testa, da una parte, dall'altra, per controllarsi. Finché non era soddisfatta: dalla scriminatura scendevano due onde perfette, che si adagiavano morbide ai lati della fronte. Allora passava a truccarsi. Altri tocchi di vanità, con civetteria: di nuovo, la pazienza che usava non appariva torpida, ottusa.

La scriminatura mi attirava come una venatura nella polpa di un albero. Ma quali roditori erano tornati a insinuarsi in quella polpa?

Timoroso di rompere l'equilibrio di quel rito cosciente e rassicurante, mi avvicinavo e mi fermavo alle sue spalle. Le dicevo con dolcezza:

«Buongiorno.»

Pregavo Dio di non ricevere una risposta insensata. E intanto mi rendevo conto di quanto fossimo legati. Più legati che mai, in quei giorni. Aspettavo la sua reazione come una condanna o una grazia. Sollevato quando mi ricambiava tranquillamente il buongiorno e mi batteva le dita sul braccio per rassicurarmi che tutto andava bene. Stranito quando accadeva che mi dicesse:

«Ecco, sono pronta. Possiamo andare.»

Il sole era spuntato da poco. Andare dove? Ovviamente non glielo chiedevo. Lei si alzava. Mi sorrideva aprendo le mani:

«Allora, andiamo?»

Tornavo a tormentarmi. Era un ritorno del male che aveva devastato gli anni della sua maturità? Le passate esperienze mi convincevano che non poteva essere. Quel male l'avevo conosciuto in ogni sua forma: era un tunnel nero, un microcosmo mentale ingoiato come un corpo celeste in un Buco Nero. Paralizzava.

Ora, invece, il suo cervello non stava chiuso in gabbia. Volava, con voli anche paradossali e capricciosi che potevano confondere la notte col giorno, il presente col passato e viceversa, fatti accaduti e verosimili invenzioni.

Quali roditori, dunque, si erano insinuati?

In attesa di saperlo, non potevo evitare di ripercorrere le tappe del calvario lungo il quale mi ero battuto fino ai limiti del possibile, per riportare mia madre alla luce, strappandola alla sua oscura prigione. Calvario: non c'è altra parola per la lotta contro una depressione che aveva ridotto mia madre a un vegetale. Un'altra domanda mi ponevo per la prima volta: mia madre aveva nozione di quel mio calvario? Non ne avevamo mai parlato fra noi. Mi ero sempre guardato dal farne anche il minimo cenno. Accantonare. Seppellire. Cancellare. Per evitarle il rammarico e il rimorso.

Eppure, quell'odissea aveva tolto anche a me anni di vita serena.

...

«... Ora posso parlartene, con la serenità che a lungo mi è mancata.

Prove di ogni tipo, sconfitte, risalite, graduali vittorie. Credo che il compendio più esatto stia in quella che ho chiamato, in più occasioni, l'"Istruttoria di Parigi".

Mi chiamavano a mille convegni dalle insegne altisonanti che ruotano intorno a una parola sacra che, per lo più, resta retorica: *la speranza*. Convegni sulla "Salute mentale", "Nuova cultura in psichiatria", "Quell'insostenibile male di vivere (Depressione, un problema sociale)", "Senso contemporaneo del disagio affettivo, vuoto, fallimento e prostrazioni nella collettività".

A qualche convegno andavo. E quello che si tenne a Parigi nel 1972 si trasformò in un'"Istruttoria" processuale fra le più aggressive a cui sia stato sottoposto. Una sala gremita di illustri psicopompi della psiche, arrivati da diversi paesi: psichiatri, psicochirurghi, psicofarmacologi, psicoterapeuti non meglio identificati, psicologi (una quantità, soprattutto donne). Doveva essere un dialogo sereno. Colpa mia se non lo è stato. Lo riconosco. Non appena mi hanno trascinato sul caso tuo, a cui avevo dedicato tanti scritti – il caso di Lisetta Cantadori, come vedi anch'io ho usato spesso il tuo secondo nome – ho reagito con una parola che ancora mi agghiaccia: Elettroshock!

Ho cominciato:

"I vostri elettroshock. Quando mia madre si ammalò, e lei, e tante altre povere donne nella sua stessa condizione vi venivano sottoposte. Quando voi cercavate di guarire quelle malate nell'anima provocando una crisi convulsiva mediante corrente elettrica."

"La tecnica ha compiuto passi da gigante. Il trattamento elettroconvulsivante gode oggi di personale specializzato, soprattutto dell'anestesia..."

"Erano sedie elettriche" li ho interrotti, ripagandomi di un furore che ho sempre tenuto in me. "Le usavate anche per punire. Spesso con le cinghie lente, che rischiavano di incrinare le spine dorsali. Mi ricordo quelle file di donne, in cliniche di corrotti tenutari che approfittavano del loro essere umili, ignoranti del male che le affliggeva, costrette a pagarsi con sacrifici enormi l'accesso a vere e proprie macchine di tortura... Le ricordo aspettare nei corridoi, prede di infermieri abituati a trattare i pazzi, o nei cortili, nella nebbia o nel freddo, infagottate dentro i cappotti. Simili alle ebree verso le camere a gas, perché erano camere a gas, senza nemmeno la mostruosa consolazione di andare a farla finita... E la loro sensibilità, i loro nervi, che avrebbero tratto giovamento dalla grazia, venivano violentati in modo irreversibile, e il loro cervello, sballottato e stordito come un uccello in una gabbia fulminante, perdeva ogni contatto col mondo!"

Si alzò uno, e poi un altro. Altri. Per reagire al mio eccesso di indignazione:

"Ha mai riflettuto con la dovuta lucidità, il distacco necessario, sul male di sua madre? È un caso che ci interessa enormemente perché è un simbolo perfetto del Male, con la maiuscola, che sta avvelenando il mondo d'oggi... Rifletta!"

"L'ho fatto... Per una vita" mi sono corretto, con un nodo in gola. "Ho cercato di farlo."

Stavano per inchiodarmi con uno schema a cui non avrei potuto obiettare nulla:

"... Lei è stato generato sulla Riva Sinistra, in un ambiente anarchico, sovversivo, traumatizzato da lotte di classe, fino alla violenza e all'odio puramente fisico. Ma suo padre era della Riva opposta."

"Mio padre..."

Non mi hanno lasciato finire:

"Nel clan sociale in cui sua madre viveva, era una colpa infamante restare incinta per rapporti avuti con un uomo di opposta fazione. Un nemico di classe, un nemico ideologico, un fascista!"

"Mio padre non era un fascista! Era..."

"Importa che fosse ritenuto tale. Con conseguenze che si sono riversate nell'estrema sensibilità di sua madre."

"Era semplicemente un aviatore. Abile. Coraggioso. Costretto a indossare una divisa, a subire dottrine sbagliate pur di vivere la sua sola passione."

"Ansia, angosce... Latenti, a lungo. Sono scoppiate quando i nervi di sua madre hanno ceduto come una diga. Rifletta anche su questo: sua madre era l'undicesima di dodici figli, veniva dopo una serie di gravidanze difficili. L'inconscio ha assimilato un'altra dimensione a rischio: la famiglia, stavolta. Punto dolente, il procreare... Rifletta: una fabbrica di procreazioni che rendeva sempre più fragile, via via, il tessuto nervoso di ogni nuova creatura."

Una pausa di silenzio, nell'aula. Ho pregato Dio che fosse eterna:

"... Rotta la diga, ogni malessere ingrandito dagli spettri dell'ansietà, l'amore di sua madre per lei e per sua sorella ha dilagato oltre l'armonia dell'amore, è diventato abnorme... E si è trasformato nell'angoscia del suo contrario: nel terrore di uccidere i figli."

Mater dulcissima, io ripetevo fra me...

"Ogni forza psichica, l'amore come l'odio, se diventa abnorme crea i propri mostri, tende a punire se stessa. Perciò la mente di sua madre si è automurata. Quella povera donna ha smarrito la gioia di vivere, la capacità di godere e partecipare, ha staccato la spina di ogni contatto col mondo, specie con le immagini e le notizie sulla sete di assassinio del mondo, di cui oggi i media si compiacciono di fare spettacolo... Il suo imperativo è diventato: non sapere, non sentire, non parlare, soprattutto coi propri figli, per evitare che questo atroce complesso di Medea potesse essere in qualche modo sollecitato a tradursi in atto. Un caso clinico tutt'altro che infrequente nell'universo femminile. Lei ne è stato contagiato, certo. La procreazione..."

Ho ricevuto, momentaneamente, la tolleranza della platea. Avevano pietà, una pietà che mi dava la nausea, per questa sorte che mi era stata riservata. E sorridevano anche, incoraggianti. Credevano di avermi aperto la mente:

"Si è convinto, dunque? Il cervello, i neuroni cerebrali..."

"Ma che ne sapete, voi, del cervello umano! Da sempre cercate, invano, di smascherarne il segreto. Che ne sapete dei suoi cento miliardi di neuroni che comunicano fra di loro con un linguaggio sterminato, come le stelle della Via Lattea, e voi ne conoscete soltanto qualche voce elementare... Il cervello umano è una foresta in cui continuate a perdervi, a chiamarvi fra di voi col terrore di smarrirvi."

"La scienza non si smarrisce. Procede. Si smarriscono soltanto gli illusi salvatori come lei!"

L'ho gridato per l'ultima volta. Più a me che a loro:

"E sia... Ma io la sto prendendo per mano, mia madre..."

"Con quale terapia?"

"La grazia. La potenza della grazia. La genialità della grazia, che io vado chiedendo a quel dio che si annida proprio nel cervello. La fede nella grazia..."

"Lei è un pazzo!"

"È possibile. Ma io vado avanti."»

...

Quali nuovi roditori, dunque?

Interpellai una serie di specialisti. Fu un andirivieni di clinici illustri. Le diagnosi si moltiplicavano, ma senza una certezza. Sentivo parlare, ovviamente, di arteriosclerosi, della forma secondaria di demenza senile che ne deriva. E dell'altra, primaria, l'Alzheimer: una parola-sentenza che mi ha sempre sconvolto.

Giravano a vuoto. Mentre mia madre, arrendevole, soprattutto mossa da una pazienza ironica, andava a stendersi spontaneamente sul letto all'arrivo di ogni clinico. La udivo borbottare:

«Ecco un altro genio, da levarsi il cappello. Quanto costa, questo? Dalle arie che si dà, deve costare una cifra... Già, vanno trattati coi guanti bianchi i geni capaci di guarire il male peggiore dell'umanità... Il niente! È il niente, il male peggiore.»

Si stendeva. Esclamava:

«La sindrome... la sindrome... la Sindone!»

E si avvolgeva nel lenzuolo. Gli illustri clinici fraintendevano e rimanevano sconcertati. Già quelle parole gli apparivano sintomi negativi, piccoli deliri non facili da diagnosticare. Mia madre se ne rendeva conto e continuava a provocarli e a sfotterli durante le visite:

«Lei crede in Cristo, signor genio? Crede davvero che sia morto e risorto? La scienza risolverà il problema della resurrezione?»

Ebbi fortuna con uno psicoterapeuta che, da qualche anno, operava nei gruppi di lavoro dell'American Psychiatric Association. Eravamo stati molto amici. L'avevo cercato telefonicamente per un parere. Non immaginavo che avrebbe accettato di spostarsi da New York a Parma apposta per me:

«Arrivo. Lo sai, amo la poesia e invidio i veri poeti. Peccato che le punizioni della psiche siano imprevedibili. La mia psiche non mi ha mai concesso il bene di un verso... Le tue poesie le ho sempre ammirate. Omaggio al poeta. E alla madre del poeta...»

Un uomo piccolo, molto vitale, spiritoso. Anche lui una celebrità nel suo campo. Ma veste con modestia e non si atteggia. A mia madre risultò subito simpatico. Bastò un breve scambio. Lei si illuminò:

«Allora, lei non è un genio...»

L'amico sorrise benevolmente:

«No, signora. Né ho mai preteso di esserlo. A meno di non cancellare il senso enfatico che si attribuisce a questa parola. Il genio va inteso per il verso giusto: un per cento di ispirazione, novantanove per cento di sudore. Si fida del mio uno per cento?»

Era raggiante, mia madre:

«Benvenuto, signor Eccezione. Le dispiace se la chiamo così?»

«Anche qui, dipende. L'eccezione, di solito, conferma le regole. Io ho impiegato una vita di sudore proprio per non confermare nessuna regola. Di regole ci si ammala. Si può persino morire.»

E mia madre, con un sarcasmo d'improvviso scontroso:

«Bene. Lei ha superato la prova. Ora tocca a me.»

Era un duetto di spiritosi. Avrebbe potuto continuare all'infinito. Li ho visti andare verso la camera da letto. Mia madre faceva strada e, procedendo, rideva con la malizia di una bambina che si avvia a prendere in giro gli adulti. Ha fermato per il braccio l'amico di fronte a una luminosità dorata che diradava il buio del corridoio:

«Volevo mostrarle questo.»

C'è una vetrinetta dove lei lasciava sempre accesa una lampadina che ha qualcosa di votivo. Rischiara, dal basso, un supporto a forma di testa umana, collocato in una nicchia, di quelli che servono per appoggiarvi le parrucche. Dalla testa finta, e sul fondo di velluto azzurro, scende una treccia che si attorciglia come un serpente, superba per colore e lunghezza. Mia madre spiegò che, in gioventù, aveva capelli che nessuna ragazza poteva vantare. Perciò era corteggiata dai *Cavì*, i mercanti di capelli che battevano la zona e pagavano bene... Si interruppe, con un cenno alla vetrinetta:

«Provi a indovinare perché gliela sto mostrando. Per civetteria? Perché non ha senso? Per provocare, con una storia del passato, uno scienziato del futuro come lei?»

«Credo di capire. La prego, continui.»

Ora lei si fingeva riluttante. Ma la conoscevo troppo bene per non sapere che stava ancora giocando, con un suo calcolo bizzarro. In realtà, intendeva assolutamente concluderla, la sua storia... I *Cavì* arrivavano per la cerimonia del taglio, portando un giovanotto che, seduto da una parte, suonava la fisarmonica. L'aiutante reggeva l'estremità della treccia e il tagliatore, prima di affondare la forbice, garantiva di essere così abile da non lasciar cadere a terra un solo capello. Una volta recisa, la treccia veniva avvolta nei lini. Se la passavano come una reliquia.

Mia madre si fece assorta su questa parola:

«Reliquia... Il mondo va così. Più una cosa è viva, più tende a farne una reliquia. Ha la morte dentro, il mondo... Infatti, un giorno mi dissero: "Questa treccia è così bella che servirà alla Madonna di Fontanellato. Con un pennacchio del genere, farà miracoli". Avevo quattordici anni...»

Si assentò. Incantata dalla nostalgia per la sua adolescenza. L'amico la scosse:

«Continui.»

«... Avevo quattordici anni, e mi sono opposta come una furia: "La Madonna può aspettare. Questa treccia serve a me. Vi ho venduto molte trecce da favola, non è vero?". Il tagliatore rispose: "È vero. Le tue trecce, Lisa, hanno dato prestigio al nostro lavoro". "Il vostro lavoro lo compatisco, siete degli indiani maniaci che fate incetta di scalpi, e il mondo ve li compra volentieri perché sta diventando sempre più calvo anche nell'anima... Comunque sia, questa è la treccia dei miei quattordici anni, del momento più bello della mia bellezza, un momento che non tornerà più, e voglio conservarla io, a mia futura memoria." Il tagliatore protestò: "Questa è poesia, Lisa. E con la poesia non si fanno affari".»

Fissò negli occhi l'amico:

«E adesso mi spieghi perché ho voluto raccontarle questa storia.»

«Perché uno come me cura le teste degli esseri umani. E fra poco cercherò di capirci qualcosa anche con la sua. Perciò è giusto che io sappia che, dalla sua testa, non sono nati soltanto mostri e fantasmi.»

«Non lo trova patetico?»

«No. Lo trovo intelligente.»

Stavamo seduti in giardino. Ero così all'erta che coglievo ogni fruscìo e luce di quel pomeriggio che sembrava circondarci di speranze. Le persiane della camera di mia madre, al primo piano, cigolarono sui cardini. Vidi mia madre ferma alla finestra, che fissava lontano. Come per avvistare qualcosa, e forse questo qualcosa era il suo destino. Anch'io aspettavo di conoscerlo. Chiesi all'amico:

«Allora? Io di te mi fido.»

«Vuoi che ti risponda con parole facili o difficili? Potrei stare a spiegarti per ore le varianti dell'Alzheimer, farti diagnosi parziali e incrociate, come diciamo noi, per tentare una diagnosi completa. Ma tu non capiresti, e non servirebbe a niente... Dovrei insegnare proprio a te di cos'è capace quello che hai definito, in tante occasioni, il dio che si annida nel cervello, a volte impietoso, a volte clemente? I suoi comandamenti si smentiscono di continuo. O almeno così sembra a noi. Perché non conosciamo ancora, nella sua completezza, il linguaggio con cui si esprime, il linguaggio dei neuroni che, come tu hai scritto, sono davvero tanti quante le stelle della Via Lattea. Siamo riusciti a localizzare, nel cervello, persino il "Punto E", la sede del colpo di genio, togliendo mistero a Leonardo, a Einstein. Ma quanto siamo lontani dal verbo di quel dio, di cui abbiamo decifrato soltanto qualche sillaba... Arriveremo mai a rispondere alla domanda: perché prova pietà, rimorso?»

«Mi stai parlando da poeta.»

«Non ho altro modo per chiarirti il punto nevralgico. Precisiamolo. Per anni, tu non hai potuto comunicare con tua madre. La tua angoscia costante. Ma le domande che lei avrebbe voluto farti, le parole che avrebbe voluto scambiare con te, non si sono vanificate. Quel dio le ha custodite. Come reperti, capisci? O come geroglifici che poi affiorano in uno scavo...»

L'amico si è addirittura scusato per le sue semplificazioni che ha definito grossolane:

«E ora che sta succedendo? Che quel dio, diciamo preso dal rimorso, consente a tua madre di trasmetterti in ritardo questo giacimento prezioso. A sprazzi, la sua mente si stacca dal presente e torna a quei momenti, a quelle occasioni mancate, ritenendole attuali. Tu devi saperti comportare. Non contrastarla, quando accade, ascoltala con dolcezza, assecondala... Un altro aspetto importante, il più doloroso e assurdo in apparenza: qualunque risposta le darai, lei non la registrerà, appunto perché proiettata a ritroso in un tempo diverso dal tuo... Potrai risponderle con la menzogna o con la verità. Non farà differenza. Il suo udito mentale registrerà semplicemente ciò che sarà lei a dire, a raccontare.»

«È un fenomeno raro?»

«No. Molto comune in chi ha la croce di aggirarsi nel regno multiforme dell'Alzheimer. Ma le persone legate al paziente non ci fanno caso, non distinguono... Un ultimo avvertimento: nei momenti di crisi, il dire, il raccontare di tua madre non avranno equilibrio, potranno essere istigati dall'esasperazione, dalla morbosità... Può accadere che, in certe situazioni, concause patologiche spingano il paziente alla trasgressione, alla blasfemia, all'osceno. Mai dei gesti. Solo delle parole.»

«Mi chiedo se in qualche modo...»

«Si può guarire? No. Si può migliorare. Sensibilmente. I punti di crisi si fanno, via via, meno frequenti. Fino a sfiorare la "quasi guarigione", per usare un'altra formula banale.»

«E può durare questo "quasi"?»

«Può durare. A meno che non intervengano sgradevoli sorprese in grado di indebolire l'organismo.»

«Quali sorprese?»

«Certe insidiose malattie organiche.»

IV

«... Sette mesi, cara madre, prima della tua momentanea "quasi guarigione". Prima della tua fine.

Sette mesi in cui abbiamo vissuto una piccola vita a sé, fatta di primavere e di tempeste, incastonata dentro la nostra vita.

Ci siamo dimenticati del nostro reciproco sesto senso. Di quella nevrosi della ragione che tutto vuole ordinare e spiegare. L'amico l'aveva previsto: esasperazioni, morbosità, trasgressioni, il nero e il bianco, il dritto e il rovescio. Eppure, il dio che si annida nel cervello ci ha concesso, a sprazzi, giorni bellissimi, dove tu sei tornata la madre giovane che divideva ogni sua vaghèzia con il proprio figlio ragazzino. Schegge anch'esse impazzite, ma che importa? Siamo riusciti ad approfittarne il più possibile, perché ci ripagavano, ti consentivano di recuperare molte cose perdute.

Dobbiamo ringraziare i capricci generosi di un male. Ma anche questo poco importa.

Una vita a sé, incastonata, che è valsa mille vite in una.

Sfoglio il tuo Diario. Le pagine scritte quando la lucidità te lo consentiva. Prima delle cesure. Mi rendo conto che questa lucidità ha agito su di te cancellando, logicamente, le assurdità contraddittorie che mi lasciavano stupefatto. Per un meccanismo provvidenziale, tuttavia, assimilavo subito le sorprese, e in questo modo riuscivo a non essere mai totalmente estraneo alle tue estraneità.

Anch'io ho annotato tutto.

Anch'io vorrei cancellare, dal testo, le oscure alienazioni, lasciando brevemente solo il bello.

Vorrei che in questo momento mi dicessi, girando gli occhi verso di me: "D'accordo, garibaldino".

Anche perché qui si vive, ormai, nell'Alzheimer del mondo, ma nelle sue complicazioni peggiori. Per lo più lugubre, insanguinato. Non devo dirlo a te. Tu, ora, sai bene fino a che punto il pianeta è quello che è.

...

Leggendo il tuo Diario, resto affascinato.

Durante gli anni della tua assoluta mancanza di dialogo con gli altri, la tua mente ha sviluppato un linguaggio, una sapienza. Anche le parole non dette sono cresciute nella loro intensità d'espressione, assimilando misteriosi insegnamenti e sollecitazioni. Come un cieco esaspera, via via, la percezione di ciò che non vede.

Mi commuove – anche se termini come tenerezza, commozione non li hai mai amati – scoprire che, in queste pagine, ti rivolgi spesso a me, come le volte che io mi rivolgevo a te, pur sapendo che non avresti potuto ascoltarmi.»

Dal Diario materno:

«Mi sento come quando il mondo non mi aveva ancora fatto niente.»

«A tratti non me li ricordo più, i miei anni imprigionati. Non riesco nemmeno a vedermeli alle spalle, garibaldino. L'importante è che ti abbia amato, anche allora, quando... È così? Vorrei telefonarti in momenti come questo, chiederti: "Dimmi che è così. Rassicurami".»

«Che liberazione quando scompare il rancore che ho sempre provato per me stessa, causa di tanti guai, miei, altrui... Questa mattinata è piena di luce, so che verrà il buio e se ne andrà per poi tornare, ma il saperlo mi dà la magia di renderla anche più forte, la luce... Mi ricordo, garibaldino, quando tu spiegavi come le alghe fluttuano morbide nella profondità del mare (cito le tue parole)... Tu credevi che io non ascoltassi, io invece ascoltavo sempre quando spiegavi le cose. Stavo da una parte, è vero, e tu, tua sorella, tuo padre pensavate che fossi tagliata via da voi, dalle persone per cui avrei dato la vita, ma era come se un'altra, dentro di me, registrasse tutto ciò che mi accadeva intorno, senza lasciarsi sfuggire nemmeno un respiro...

La sensazione che sto provando, ripeto, è la stessa che tu cercavi di esprimere intrattenendo gli altri sul tuo piacere di immergerti nel fondo del mare coperto di coralli, di un azzurro intenso (lo descrivevi così bene), con la tranquillità dei pesci tutti colorati e dalle forme incredibili che ti venivano incontro, e il tuo istinto era di afferrarli, di mandare voce verso quelle creature di un mondo che non ci appartiene... La sensazione, anche, di non avere più gesti e parole bloccati dalla massa d'acqua che ti opprimeva.

Così capita a me, con i miei pensieri.

E adesso, una sorpresa. Proprio così: ti sto preparando una sorpresa che nemmeno puoi immaginare, mentre io immagino la faccia che farai...»

«... Quante volte avevo insistito:

"Vieni a Roma. Vieni almeno a vedere dove vivo."

Ma tu, niente. L'idea di allontanarti dalla casa di Parma non ti sfiorava nemmeno. E adesso eri tu che mi telefonavi, senza preavviso, senza preamboli, con la voce decisa e squillante di una ragazza per cui è normale prendere un treno, farsi qualche ora di viaggio.

"Domani prendo il treno. Arrivo."

Hai chiuso il telefono bruscamente. Per evitare domande da parte mia. Senza nemmeno precisare l'ora del tuo arrivo.

Hai viaggiato di notte. Hai suonato al citofono che spuntava il sole. Sei entrata spedita, senza farti suggestionare... Il mio attico e superattico hanno una vista su Roma che incanta tutti. In altre occasioni anche tu avresti manifestato meraviglia, se non altro per farmi piacere. Anzi, ti saresti profusa nelle esclamazioni ammirate che erano il tuo modo, sottilmente ironico, di toglierti dall'imbarazzo negli ambienti lussuosi.

A te piacevano le case semplici, piene di umori, saporite – dicevi – come il mangiare dei poveri: non c'è paragone con le pietanze sofisticate. La pensavo e la penso come te. La casa in cui vivo la devo ai gusti di quella che fu mia moglie. Hai posato la valigia. Un abbraccio. Nemmeno una pausa per un caffè, per due chiacchiere. Come se il tempo ti sfuggisse fra le dita:

"Sbrighiamoci con le cerimonie. Abbiamo ben altro a cui pensare. Vediamo un po' in quale convento vive il mio garibaldino."

Subito a tuo agio, ti sei aggirata di stanza in stanza:

"Dalla conchiglia si vede il mollusco, dalla casa la faccia dell'inquilino. Come i cani, sai, che finiscono per assomigliare ai loro padroni."

Mi hai preso il mento con due dita, mi hai girato

alla luce, un rapido raffronto mentale con l'ambiente che ci circondava:

"Tu e questa reggia volante nel cielo di Roma avete due facce diverse. Ti dispiace se te lo dico?"

Ti sei soffermata davanti ai quadri:

"Questi, sì, che ti assomigliano. Hanno gli stessi colori delle nostre passioni."

Quella che fu mia moglie li ha sempre sopportati come guazzabugli, stramberie... Non ti ritenevi un'intenditrice, ma con i colori e il pennello ci sapevi fare. La casa di Parma è piena dei tuoi piccoli dipinti. Ora posso confessarti che a qualcuno in grado di capire li ho mostrati, durante le tue assenze. Se l'avessi saputo, ti saresti infuriata. Anche Leonardo Sciascia li ha sinceramente ammirati. Scorci di città che non avevi mai visto, solo immaginato. Parigi, paesaggi andalusi. Ma soprattutto Parigi, chissà perché. Scorci che sembrano affiorare da uno scavo archeologico.

Non ti avevo mai visto così disinvolta e padrona di te. Pensavo: calma e irruenza, non è possibile gestirle insieme con questo equilibrio, se non si è oltre un confine.

"Una notte in bianco. Sarai stanca."

"Da giovane mi piaceva viaggiare. Decidevo all'istante, partivo. Viaggi brevi, da nulla. Non importa. Anche così viaggiare m'incantava. Stanotte ho scoperto che m'incanta ancora. Mi piace guardare dal finestrino di un treno. Mi basta il lumino di una casa immersa nella notte. Mi fa immaginare chissà che. Mi chiedo: chi ci vivrà dietro quel lumino lontano? Due che fanno l'amore? Un uomo malato che ha accanto una moglie che lo veglia? E via, mi monta la fantasia."

Un attimo di fermo. Quasi lo sguardo della mente si spostasse:

"Mi piacerebbe vedere Parigi. Chissà perché. Un sogno? No. Una destinazione obbligata, come una mania. Un impegno verso me stessa, che non sono mai riuscita ad assolvere."

Ti ho portata nella camera destinata a te, da sempre. Qualcosa mi diceva che un giorno saresti venuta, e quella camera ti avrebbe ospitata. Ti sei seduta sul bordo del letto. In una posa eretta, le mani tese sulle ginocchia. Una rigidezza anormale:

"Aspetto che arrivi tua moglie."

Non ti ho detto subito che mia moglie non sarebbe arrivata. Che da tempo non avevo più una moglie.

"Quando arriva tua moglie?"

Mi sono ricordato dell'amico: "Qualunque risposta le darai, sui punti che richiedono forti reazioni della coscienza, lei non la registrerà. Interromperà il contatto, pur di difendere, senza turbamenti, la sua sete di vivere ogni cosa dopo il lungo letargo. Un'avidità onnivora, sprezzante, a suo modo amorale. Potrai risponderle con la menzogna o con la verità. Non farà differenza". Ti ho risposto con la verità:

"Con mia moglie è stato un disastro. Anni buttati via, tormentati da furie senza senso. Sempre la sua nevrastenia che impediva i sentimenti. Fra due che stanno insieme, i sentimenti sono come i figli, bisogna crescerli, adattarli alle nuove circostanze, difenderli con le unghie."

Non mi ascoltavi, infatti. Il tuo pensiero seguiva un percorso opposto, sembrava voler sgombrare il campo dai miei guai matrimoniali, prontamente, la stessa rapidità con cui avevi ispezionato la casa. Ora mi era chiaro come frenavi le emozioni, le riducevi al passo lento:

"È bella, tua moglie? Come ti fa da mangiare? Ha cura di te, tua moglie?..."

Io continuavo:

"... Anche lei scappava di casa per nevrastenia. Esplodeva di colpo, e io dovevo rincorrerla, cercare di placarla. Era capace di rompere una vetrata con un pugno. E mi toccava portarla al Pronto Soccorso, col braccio insanguinato. Dovevo rendere conto ai medici. Per nevrastenia, gli dicevo. Non ci credevano. Ho capito troppo tardi di averla sposata perché esistevano affinità... Certo, le sue erano furie caratteriali. Ma un'affinità con te esisteva, lasciamelo dire, lasciami sfogare, anch'io ho tenuto dentro tanto in questi anni... O forse è più esatto che l'ho sposata per continuare a combattere con la nevrastenia femminile, farmi del male con gli umori disastrosi di certe donne."

"Tua moglie ti rispetta? Non solo sul piano sessuale. Rispetta il tuo pensiero, il tuo lavoro? Riesce a dare un po' di pace al tuo cervello? Una punta di allegria, almeno, quando sei stanco, deluso?..."

Insistevo in quello scambio di dissonanze pensando che, un tempo, alle mie rivelazioni avresti opposto la tua disperazione facile, il tuo piangere. Ora, invece, non riuscivi a staccare lo sguardo da uno dei quadri, l'unica cosa che ti sembrava importante.

"Ormai, con lei ci vediamo al Tribunale. Ci sediamo di fronte in attesa che il giudice ci riceva, più o meno ogni sei mesi, quando ci convoca con gli avvocati per comunicarci un nuovo rinvio, i soliti cavilli, prove e testimonianze ulteriori che rendono senza fine la nostra causa. Lei esplode più che mai con le sue nevrastenie, che si confondono nell'aria con i litigi degli altri... Chiede soldi... Quando mi capita di pensarla, mi investe l'odore del Tribunale, l'odore dell'avvilimento d'anima che diventa avvilimento di corpo, di carne umana. Notti maldormite che restano opache negli occhi di chi viene lì per odiarsi dopo aver diviso un'esistenza. Mi sento fatto, come lei, della muffa umana del Tribunale..."

Sei rimasta a lungo in silenzio, magnetizzata dal quadro. Dondolavi la testa, come seguendo una cantilena silenziosa che accompagnava le tue emozioni a tenersi al riparo. Poi te ne sei uscita con una frase delle tue:

"Il matrimonio è un innesto: o attecchisce o no."

... La porta si è aperta.

Mi sono svegliato con la sensazione di essere scrutato da una presenza. La tua figura si stagliava, oscura, contro le tende rosse sul fondo appena rischiarato dal riverbero che veniva dall'esterno. Sei rimasta ferma sulla porta. Non distinguevo il tuo volto. Ma sapevo che mi fissavi aspettando che la tua ansia si sciogliesse in un sentimento, nella coscienza di un sentimento.

Per la prima volta, ha preso forma la tensione allucinatoria di quando – svegliandomi ora che non sei più viva – evoco una tua apparizione proprio là, nello spazio in cui, quella notte, mi hai trasmesso un carezzevole sguardo di comprensione. E finisco per avvertire il tuo profumo, i piccoli gesti misteriosi del sortilegio che ti accoglie, il tuo respiro che diventa il mio.

Un sentimento ti ha finalmente animata, un sentimento sul quale fantasticare, come avviene ascoltando una sonata in sordina, quasi un Mozart fanciullo si dilettasse nell'archivio del tempo. L'aria di Cherubino:

"Un desìo ch'io non posso spiegar..."

La stessa confidenza che c'era, fra noi, se da ragazzino ti accarezzavo immaginandoti una donna che si avvia a fare l'amore.

Sono tornato ad addormentarmi quando, dalla tua ombra, è venuto l'invito silenzioso:

"Dormi tranquillo."

Poi hai chiuso la porta, attenta a non fare rumore.

... Era così bella, quella corsa in macchina, lungo il mare, verso Gaeta. Respiravi a pieni polmoni affinché l'aria limpida, a folate, entrasse a liberarti la testa:

"Un'eternità che non vedevo il mare..."

Certi scorci, verso Gaeta, ricordano le piane di Delo, di Mykonos, dove io andavo alla ricerca delle fontanelle millenarie che riproducono ciascuna un suo dio. Ti ho raccontato come e perché ci si ferma a bere quell'acqua sacra, senza farne cadere una goccia dal cavo della mano.

Ripetevi:

"Sono felice."

Senza più il timore di essere smentita.

Una camminata per Roma... Partendo dai borghetti dove la gente esce dalle botteghe per salutare, con un intrecciarsi di motti e battute. Salutavano anche te, e tu rispondevi ritrovando lo spirito delle tue vaghèzie. Ti spiegavo che a Roma c'è il palo, c'è la frasca. Si può saltare dall'uno all'altra. Si può, volendo, allegramente non connettere. Hai riso:

"Allora, va bene per me. Come a Sabbioneta."

Eri affascinata dalle bestie raffigurate per le strade: elefanti, scimmie, scrofe, serpenti, draghi e molte altre specie, oltre a creature fantastiche e non identificabili:

"A saperla vedere, Roma è uno zoo inaudito."

Non facevi che chiedere delle creature che non esistono:

"E quella cosa potrebbe essere?... E quest'altra? Facciamo un gioco, proviamo a dargli un nome."

Abbiamo giocato a dare un nome alle creature che non esistono.

E ora andavamo per l'Appia Antica, alla chiesetta chiamata Domine Quo Vadis. Qui – ti ho spiegato – l'apostolo Pietro, sfuggito ai carcerieri e diretto alla salvezza, avrebbe incontrato Gesù e gli avrebbe rivolto la famosa domanda, avendone la risposta: "Vengo a farmi crocifiggere un'altra volta". E Pietro capì, tornò indietro e si predispose ad affrontare il martirio.

La chiesetta conserva le presunte impronte di Gesù.

Le impronte spiccavano di fronte a te, e ti ho vista toglierti le scarpe, compiere quei pochi passi con un raccoglimento intenso. Hai fatto coincidere i tuoi piedi scalzi con le orme divine. Stavi lì, fissando a terra, quasi sul punto di intraprendere un volo di cui la tua mente si illuminava. Sono rimasto in silenzio, in disparte, ascoltandoti:

"Guarda, i miei piedi, i miei piedi più grandi... Stanno schiacciando i piedi di Cristo, così piccoli e leggeri, come quelli di un bambino, così teneri, con la tenerezza di due piume..."

Ti sei girata, i tuoi occhi mi chiedevano di unirmi a te:

"Penso al corpo della madre di Cristo, quando suo figlio stava dentro la sua pancia... Il giorno in cui sentì, per la prima volta, muoversi questi piedi che si stavano formando, questi piedi che cominciavano a scalciare in lei. Non con l'irruenza dei figli normali che si preparano a nascere, ma con pudore, un pudore divino, come si bussa piano a una porta che sta per aprirsi..."

Ti sei inginocchiata. Non per reverenza religiosa. Per passare le dita sulle impronte, averne un'esatta percezione delle forme, e il tuo gesto era ugualmente sacro:

"... Quando la madre di Cristo si è detta: devo farglieli bene i piedi a questo figlio, perfetti, perché dovrà camminare col passo di Dio."

Ho lasciato che altre tue visioni si identificassero con le immagini che ti imprimevi negli occhi, e il sole le sfiorava cadendo da una finestrella:

"È successo anche a me, garibaldino, quando stavi dentro la mia pancia. Ti ricordi? Te l'ho confessato, una volta... E io ero una madre che valeva un niente, e non ero una santa, e Dio non mi aveva certo mandato angeli. Mi aveva parlato così poco... Eppure anch'io li ho sentiti muoversi in me i tuoi piedi, e fu un tuffo al cuore sentirli per la prima volta, una mattina come se fosse adesso. Mi sono detta: è l'ultima cosa di lui che mi resta da fare con cura, e devo metterci tutta me stessa, perché dovrà farsene di strade ingrate."

... La chiesetta Domine Quo Vadis ci stava alle spalle. La luce che pioveva dalla sua facciata ti teneva sospesa in un'atmosfera indefinibile.

La immagino simile a quella che ora ti accoglie, perché sembrava annullare la concretezza delle cose, e ti ho sentita leggera, della leggerezza della piuma come le impronte dei piedi del Cristo, dove il nulla e il tutto si confondono.

Ho fatto per avviarmi. Mi hai fermato stringendomi il braccio:

"Il tuo non voler figli è dipeso da me, vero? Perché ti sei sentito la causa di quanto soffrivo. E hai avuto paura di passare a un figlio lo stesso tormento della testa che io ho passato a te."

Ho capito che avevi letto la mia poesia, che eri stata tu a sottrarmela. Mi sono reso conto di quanto ti avesse colpito.

"Rispondimi."

Che potevo risponderti? La verità? Di nuovo ho pensato all'amico: "Qualunque risposta darai alle domande che avrebbe voluto farti quando il male glielo impediva, e che il dio della mente le consente solo ora, lei non le registrerà. Potrai risponderle con la menzogna o con la verità, non farà differenza". Senonché mai ti avevo vista così lucida e cosciente. Perché dunque addolorarti? Strapparti alla luce trasparente e serena che ti possedeva?

Sei stata tu a rispondere per me, a me.

Eravamo in un clima di miracolo, e mi è parso un piccolo miracolo. Ascoltavo le tue parole e mi pareva che uscissero dalle mie labbra, erano quelle, esattamente quelle:

"Dimmi la verità. Perché la verità io la conosco... Dimmi che ci sono stati periodi che per causa mia, per l'assenza del mio amore, un blocco allo stomaco ti impediva persino di confessare a una donna 'Ti amo' e ti dava il terrore di metterla incinta."

"Sì, è vero." E ho continuato: "Tempi che avrebbero dovuto essere i più spensierati della mia gioventù, quando i miei amici facevano capriole giocose con ragazze anch'esse spensierate, e dispensavano vita con una voglia senza ombre. Mi sono state impedite quelle piccole felicità naturali a cui, almeno da giovane, ogni essere umano ha diritto... Sono troppo stanco per negarlo, per mentirti ancora".

Tutto un mondo che mi era stato nemico tornava a pesarmi sulle spalle. E, al tempo stesso, quel peso svaniva.

"E pensare che ho lottato tanto per averti..."

Ti sei stretta il ventre come quando ti trascinavi sul pavimento sotto gli occhi del Mora:

"... vivo. Qua dentro."

"Lo so."

"Lo sapevi anche quando eri ragazzo... E io scappavo da casa, come se scappare da pazza potesse farmi uscire dal cervello i miei chiodi fissi, vedermeli volare via quei pipistrelli, e sentirmela finalmente libera, la testa, leggera come la sento adesso."

Sei venuta verso di me con un passo a cui davi il tempo delle tue parole:

"E toccava a te cercarmi. E riuscivi sempre a trovarmi, mi davi la mano per tirarmi su da terra, mi dicevi: 'Tutto bene, vieni via'."

Ti sei avvicinata fino ad avere la faccia contro la mia, e gli occhi come se fossero dentro ai miei:

"In quei momenti pensavo con quanta forza ero riuscita ad averti vivo, mentre ti leggevo negli occhi domande sacrosante e terribili..."

"Liberami anche da quelle domande."

"Con tutto l'amore che non potevo esprimerti, capivo dai tuoi occhi che mi stavi chiedendo: 'Ma perché non mi hai buttato via allora, perché mi hai difeso coi denti, perché non hai dato retta al Mora? Sarebbe bastato un attimo e mi avresti risparmiato tutto questo, e una vita balorda' ..."

Il tuo fiato si è unito al mio, ma la luce riusciva a dare grazia anche a quell'angoscia:

"E a me, a te, ci veniva da dire: 'Cristo!'... E tu non avresti saputo rispondere se era un'invocazione d'aiuto o un rancore blasfemo pieno di fede."

... Siamo rientrati in città – ricordi? – in mezzo a una baldoria. Roma festeggiava una vittoria della squadra di calcio che porta il suo nome. Ciascuno viveva a suo modo la fantasmagoria. Ci siamo buttati nelle strade facendoci spazio nella calca. Tra file di fuochi trascinavano un carro con sopra un pupazzo in maglia giallorossa. Il fantoccio è precipitato e le fiamme hanno schiantato la sagoma lignea all'altezza dello sterno, per cui le braccia si sono sollevate, come quelle dei tifosi che uscivano dal fumo.

... Mettevi ordine. Sistemavi fiori freschi nei vasi. La casa tornava a respirare, a colmarsi di colori, profumi di vita vissuta.

Preparavi con le tue mani il mangiare della nostra terra. Eri contenta di sbucare dalla cucina annunciando le portate:

"Questa tavola sempre senza tovaglia, buia. Non c'è niente di più triste di una tavola abbandonata."

Da tempo mangiavo quasi sempre fuori. E se mi arrangiavo in casa mi sedevo in un angolo, il piatto su una tovaglietta, una sola luce accesa, come per non disturbare.

Accendevi tutte le luci. Uscivano tovaglie dai colori vivaci e stoviglie scintillanti che non credevo nemmeno di possedere. La donna a ore non le aveva mai tolte dai cassetti. Arrivava alle dieci e se ne andava all'una. Lasciava dietro di sé strati di polvere, le cose fuori posto. Le hai detto:

"In questi giorni non c'è bisogno di lei."

La polvere è sparita, le cose sono tornate a posto.

Anolini, culatello e grana, la torta fritta da mangiare calda e croccante, il carrello dei bolliti. Mangiavamo respirando quell'atmosfera di gratitudine che gli ambienti e gli oggetti diffondono, quando si riconciliano con i nostri stati d'animo. Alzavamo il cucchiaio, soffiavamo sul brodo, lo portavamo alla bocca con una contemporaneità di gesti, un'intesa – anche in quel piacere che faceva apparire sulla tua fronte piccole gocce di sudore – che erano un dialogo perfetto e silenzioso. Distolti dal cibo solo per controllarci di sfuggita e con mezzi sorrisi.

Avevi portato in valigia bottiglie di Malvasia che non bevevo da anni. E il nocino fatto in casa andavamo a berlo nello studio che si affaccia in terrazza. Ammiravi la distesa della città. Facevi brindisi fugaci al cielo di Roma che, di solito indifferente, sia che splenda il sole, sia che cada la pioggia, sembrava ricambiarti.

Quel giorno di temporale...

I primi goccioloni. Nella nostra terra, si stampavano fumando sull'aia e suonavano come monete. Venne giù un temporale di quelli che mettevano in fuga la ressa delle rondini, un vespaio di ragazze dai campi. Si è sollevato, come allora, un odore di polvere impregnata di pioggia e di fulmini, che mozza il respiro, fa girare la testa. Hai guardato in su con i sensi subito accesi. Sapevo a cosa pensavi: quegli odori aspri, del cielo e della terra, sono parte fondamentale della nostra vita, perché li abbiamo conosciuti nell'infanzia, sono gli odori dell'infanzia, e che la vita poi è scesa d'anima, si è distratta, lo si capisce da quegli odori che non sono più esistiti.

Quando il diluvio ci coglieva dispersi nei campi, tu prendevi una forcata di fieno e ti proteggevi sollevandola alta sulla testa come un ombrello, e anch'io mi mettevo al riparo abbracciandomi al tuo corpo.

... Il temporale si dileguava brontolando lontano.

Mi hai preso la mano e mi hai condotto in terrazza. Ci siamo sentiti, via via, sempre più alti sulla città, come sollevati dal venticello che ora spazzava le nuvole, un venticello dove l'elettricità dei fulmini si era condensata, e stordiva. Correva giocosamente intorno a noi, nella nostra ebbrezza fatta di camere riordinate, di casa resuscitata, di Malvasia, di aroma di noci e spezie, di temporale. S'aggiungeva quella campana dispersa nel cuore di Roma, che pareva farci festa.

Stavo alle tue spalle, e mi hai detto:

"Abbracciami."

Hai piegato indietro la testa sulla mia spalla, avevi le guance rosse. È tornato ad animarsi quel qualcosa – di battesimale, di sensuale – che avevamo diviso insieme quando, ragazzino, ti seguivo alla stazione per salutare mio padre che ancora una volta se ne andava, partiva per i suoi voli e le sue battaglie, e tu lo guardavi fisso prima che salisse nello scompartimento, e scuotevi la testa, mormorando: "Ma perché, mio dio? Ma perché?". Poi gli raccomandavi a voce alta:

"Non fare l'eroe, Mario. Questo mondo non ha niente di eroico e non si merita eroi. Li pretende soltanto per giustificare le sue guerre."

Tornavamo soli e non si aveva voglia di chiuderci subito in casa. Ci si sedeva a un piccolo bar, a prendere una granatina. Ma la tua granatina la lasciavi nel bicchiere:

"Tuo padre bandiera" esclamava la Lisa delle vaghèzie. "Coi tre colori della bandiera. È stato un 'Sorcio verde', lo sai? Uno della squadriglia di Italo Balbo, quello che ha fatto la trasvolata atlantica. Da verde, ha desiderato di baciare la gloria, povero grullo. E poi da verde è diventato rosso di vergogna, quando finalmente gli si sono aperti gli occhi e la boria di chi lo comanda gli è caduta addosso come una mazzata... E oggi era bianco, l'hai visto, bianco come la cera, con la paura di andare a morire per degli assassini, e perché è un onesto, e sa che a un uomo, quando gli altri si mettono sotto i piedi la sua dignità, non resta che la dignità di disprezzarsi per primo."

Mi guardavi, con la tua solitudine di donna, i tuoi desideri repressi. Reagivi, dentro di te, da femmina ferita, mai rassegnata, e avvicinavi le tue dita alle mie:

"Adesso sei tu il mio fidanzato. Sei tu il mio uomo, garibaldino. E tocca a te difendermi."

... Quel giorno di temporale, stordita dall'aria resa elettrica dai fulmini, mi hai preso la mano allo stesso modo. Anche il tuo desiderio, come le tue cose non dette, riprendeva vita dopo un lungo letargo. Mentre mi chiedevo come togliermi dallo sconcerto che ne provavo, mi rendevo conto di essere disponibile a qualsiasi cosa stesse per accadere. Pensavo all'amico, e al dio della mente, un dio anche blasfemo, che poteva istigarti all'esasperazione, alla morbosità, fino alla trasgressione come sintomo, il più penoso, del tuo male...

Era la prima volta che le manifestazioni di questo fenomeno si verificavano fra noi. Più che turbato, ne ero soggiogato. Inefficaci i freni dell'inibizione, i ragionamenti su ciò che è giusto e ciò che è colpevole.

Stavo scoprendo che il tuo corpo si manteneva armonioso, quasi che il tempo del male non fosse trascorso attraverso le tue membra, mantenendole in una sorta di intangibilità, come aveva preservato le domande che avresti voluto farmi, e mi facevi solo ora.

Una sensualità non vissuta e accantonata. Priva di ogni tabù. Ho provato impulsi opposti. Di togliermi di lì, di fuggire via. Poi di abbandonarmi al tuo gesto che mi stava conducendo la mano per accarezzarti dove tu volevi. E chiunque, a vederti, non ti avrebbe giudicata un automa, bensì cosciente di decidere.

Io ero alle tue spalle, ti stringevo. Ed ero tuo figlio.

A fior di pelle...

"La senti la mia pelle? Tu hai la pelle mia, garibaldino, perché in noi scorre sangue gitano."

Insistevi:

"È un privilegio avere una pelle così. La maggior parte degli uomini ha la pelle che non parla. Quante volte le donne te l'avranno detto: che amavano la pelle che ti ho dato io. La pelle è la cosa più importante a letto."

Mi sussurravi da amante timida. Che stava vincendo la sua timidezza.

... "Simone ha ragione" ti ho detto camminando fra le siepi di Villa Balestra. "I sogni, in genere, sono difficili da realizzare. E questo tuo non è nemmeno un sogno, è un voto bizzarro che hai fatto a te stessa.

Quindi, semplice davvero come svoltare l'angolo. Uno sale su un aereo ed eccolo già lì, a Parigi."

"Una settimana a Parigi? Ma con tutte le cose che hai da fare..."

"Niente di così importante."

"Ho desiderato andarci con tuo padre. Ma lui aveva troppo da volare."

"Io sto coi piedi per terra. Anche se mi volano intorno gli ippogrifi... Tali e tanti che, se non tenessi i piedi per terra, finirei per volare con loro chissà dove."

Hai capito. Hai commentato con una risatina maliziosa, come se niente fosse:

"A Parigi, come due fidanzati... C'è ancora tanta vita davanti a noi, vero? Dirlo è una grande cosa. Anche se non è che una menzogna."

...

"Cosa stavi sognando?"

"Che non riuscivo a fare la valigia... Io mettevo la roba dentro la valigia, ma la valigia mangiava la roba, e restava sempre vuota... Così non riuscivo a partire."»

Da una lettera di mia madre trovata nel suo Diario:

«... Quante volte ho detto fra me e me alla morte: fatti vedere, bestia strana, guardiamoci negli occhi, e dài, portami via, facciamola finita con questa pagliacciata... Ma lei, vigliacca, non si faceva vedere, non gliel'avevano ancora comandato di portarmi via. Eppure, se avesse accettato di guardarmi in faccia, avrebbe scoperto che lei c'era già, nei miei occhi. Viene adesso, la bestia strana, e mi guarda in faccia perché le hanno detto che è l'ora mia. Se ne sta lì che mi prende le misure perplessa, e non sa che fare, dato che io le ricambio lo sguardo con occhi pieni di vita. Così è, i miei occhi non sono mai stati tanto pieni di vita.

La sconcerto, e mi salta da ridere, con il cirlìnn delle parti mie: si arriva a capire, finalmente, che i grandi segreti dell'universo sono dei presuntuosi che non meritano che un cirlìnn... Mi verrebbe da chiederle:

"Bella mia, t'è già capitato? D'arrivare col pacco pronto e scoprire che la creatura di turno sprizza vita da tutti i pori come un gatto felice? Aspetta. Adesso è la volta tua di aspettare. Aspettiamoci a vicenda. Aspettiamo che questa vita che ho negli occhi scompaia. È una malattia anche questa, non credere, mica dura tanto...

E poi te la sbrigherai in fretta.

Non dovrai nemmeno darti pena di portarmi al giudizio di Dio. Io, al figlio suo, ci ho creduto con tutto l'amore, e ancora ci credo, gli ho baciato i piedi, li ho sentiti soffici sotto i miei piedi, ho persino sputato sangue per portare alla vita un figlio in nome di quel figlio... Ma lui? Il Dio della Giustizia? Andiamo. Nel mio caso, significherebbe credere che anche la giustizia divina è stata creata a immagine e somiglianza dell'uomo. Come può giudicare, Dio, una povera donna a cui, per anni, ha negato il mezzo per essere giudicabile, ha negato un cervello sano, libero di decidere da sé il male o il bene o il nulla più assoluto?..."

Meglio dunque informarla, la morte: "Non sono giudicabile. Non sono classificabile, ma fuori quota. Nessuna pretesa di paradiso, per carità, meglio non avere altre sorprese, l'inferno già l'ho sfangato. Partita chiusa... Esiste una foiba, nella valle di Giosafàt, dove puoi scaricare i non classificabili?".

Vorrei conoscere i tuoi esami di coscienza, mio Dio. Perché la tua crudeltà non è stata solo nel mio passato, la tua crudeltà più grande è oggi, che ti basta girare l'interruttore del mio male, ed eccomi qua con un cervello vispo, spiritoso, che posso decidere tutto e il contrario di tutto... Adesso che sono vecchia, me lo dài... Mi fai sentire giovane adesso che sono pronta per le ceneri al vento, mi fai sentire col sangue vivo che mi ritorna nelle vene, il sangue di quando ero giovane davvero, e mi torna persino la voglia di far l'amore... Ti chiedo: se ci fosse un pazzo che decidesse di dividere questa voglia con me, tu, giudice supremo, come mi giudicheresti? Una degenerata? Non potresti. Questa voglia non è che una delle tentazioni maligne nel deserto di tuo figlio che amo.

Sapere di essere vecchi e ritrovarsi con lo stato d'animo di una ragazza, il desiderio senza senso dei fanciulli. Non c'è niente di più terribile.

Ho cercato di capire la tua pazzia, mio Dio. Ma la tua pazzia la dissimuli dandole infinite forme di saggezza. È questo che ci ha diviso.

Tante cose belle mi stanno capitando così tardi. Troppo tardi.»

V

Parigi, o cara...

In aereo, io e mia madre.

Come se stessimo andando non solo verso Parigi, ma verso ogni terra a lei sconosciuta. Era stato mio padre a iniziarci a cieli, nuvole, miraggi. Un giorno, mia madre mi indicò:

«Guarda. Lassù. Quello è tuo padre.»

La prima volta che l'ho visto. Non un uomo. Ma un aereo che filava come una coccinella con elitre d'acciaio. Con una lucina rossa, intermittente. Pareva il cuore esposto della coccinella, che batteva nel nulla. Mia madre intuisce le mie riflessioni:

«Quando si dimenticava di me, io stavo a fissarlo da terra, come un uccello che continuamente migrava, e non conosceva pace, con la lucina sulla coda, l'unico segnale vivo, l'unico saluto. Era la mia speranza che volava via. Eppure ero certa che sarebbe tornato: "Ciao, Lisa. Eccomi qua". Perché intorno a lui, lo spazio era troppo grande, troppo indifferente, e questo mi commuoveva... Pensavo: ragazzo mio, povero figlio, ma dove vai?»

Stiamo parlandoci a parole, a silenzi, avendo le stesse visioni.

Mio padre ci iniziò senza premesse:

«Salite.»
Sul piccolo ippogrifo. Nell'aeroporto di Parma. Ci strinse le cinture, si collocò alla guida. Mi chiese:
«Hai paura?»
«Sì che ce l'ho.»
«Perfetto. Non c'è piacere che valga vincere la paura.»
Stessa domanda a mia madre:
«E tu?»
«Mi hai dato ben altre paure, Mario.»
Ci trovammo avvolti dal cielo, ne facevamo parte. Le nuvole ci entravano negli occhi e subito, nei volteggi dell'aereo, s'impastavano con gli alberi, le case, la terra. Mio padre fece un ampio gesto intorno ed esclamò:
«Nessuno saprà mai cos'è il mistero. Quassù il mistero non ha tempo, è ieri, oggi, il futuro. Ma io ho il privilegio di andarci dentro e, se voglio, di prendermi gioco di lui.»
Ci tuffammo a vite, rovesciandoci. Sulla testa non più il cielo ma la distesa della città:
«Impara, Lisa. Il mistero, a volte, sembra capovolgere la realtà, ma basta poco per rimetterla dritta. Dipende da noi.»
In quel momento, mia madre pensò che il male di cui già cominciava a soffrire non aveva altro nome che quello: il mistero.
«Guarda, Lisa.»
Mio padre azionò i comandi. Il cielo tornò al suo posto. Virò, scese di quota. Le case ci corsero incontro. Quasi avessimo deciso di andarci a schiantare. Non chiusi gli occhi nemmeno un istante. Anche se l'impatto appariva inevitabile. Avrei saputo, anni dopo, che la chiamano "euforia d'infinito". Quando vai sott'acqua, lo stesso. Può capitare. Mi è capitato. Ti immergi. Il fondo ti calamita, è una sirena a cui non si resiste. E sei fe-

lice. Non pensi che possa essere l'Oltre. Hai la certezza assurda di attraversare indenne la barriera ultima. Mio padre aveva ragione: il piacere più perverso sta nel renderti conto che non ti importa nulla di morire.

Tornammo in volo orizzontale, fu come se le ali accarezzassero i tetti, e dal balcone di casa nostra la madre di mia madre agitò la mano in un saluto. Subito risalimmo portandoci dietro quel saluto. La madre di mia madre restò un punticino sommerso:

«Il mistero è anche un piccolo moto d'affetto che si segnala nell'infinito.»

Atterrammo. Mio padre mi afferrò per farmi scendere. Mi trovai in quell'abbraccio caldo di motore. Il primo abbraccio che ebbi da lui. Con i polmoni che avevano ancora l'aria dei cieli alti, la gravità e la leggerezza, la leggerezza che ti solleva dalla pesantezza del mondo e la gravità che ti conferma quanto il mondo sia un peso inevitabile.

Guardavamo dall'oblò. Come se potesse sbucare da un istante all'altro, da un punto remoto, la coccinella di mio padre. Per fare giravolte di saluto intorno a noi.

Si è svegliata con il cuore in tumulto. L'ho calmata. L'ho aiutata a scendere dal letto, a sostenersi mentre la conducevo al balcone, per farle respirare aria. Ho fatto scorrere la tenda. Di fronte a noi, la visione di Parigi. Mentre spuntava il giorno.

«Allora è vero» ha esclamato.

Parigi, per lei, è come un grande giardino. Affiorano, con foglie e linfa fresche di nuova stagione, gli anni che ha vissuto senza avere accanto mio padre, senza l'amore di un uomo.

Io torno l'oggetto delle sue compensazioni fantasiose, morbose. Si comporta esattamente come quando mio padre partiva, e a lei non restava che dirmi: "Adesso sei tu, il mio fidanzato. Sei tu il mio uomo, garibaldino. E tocca a te difendermi". Si muoveva, sotto i miei occhi, da madre e da femmina insieme, una femmina non condizionata dalla mia presenza. Al contrario. Mi coinvolgeva in un gioco di ambiguità e curiosità così acerbe, in me, che venivano assorbite presto dall'innocenza. Già avviandosi alle sue ossessioni – di cui ero destinato a essere il centro – le capitava di attribuirmi le possibili emozioni sensuali di un adulto.

Ero fiero di essere il solo maschio a cui concedeva di dividere la sua intimità. Ma allora ero un ragazzino. Passava in second'ordine il turbamento dei sensi, che non poteva ancora confrontarsi con esperienze vissute. Tuttavia esisteva. E io, pur senza ammetterlo, lo cercavo. Mi bastava essere attento testimone degli atti materni anche più segreti.

Ma ora?

Per la nostra prima passeggiata attraverso Parigi si è preparata con cura. Come quando mi annunciava:

«Andiamo a veder ballare.»

Alla tangherìa Ballo Gardenia. Assente mio padre, non avrebbe ballato con nessuno. Si sedeva, con me accanto, a lato della pista. Rifiutava ogni invito. C'era chi l'infastidiva, con ostentata insistenza. Lei non reagiva. Socchiudeva gli occhi, assaporava la musica. Finché l'importuno, a disagio, non s'allontanava. Ci fu la volta che si fece avanti il Mora, che mi squadrò e commentò:

«Sta crescendo bene la tua disgrazia!»

Fermo, a gambe larghe, di fronte a noi. Lei lo scostò con un gesto di calmo disprezzo:

«Mi togli la vista, Mora.»

Il Mora fu svelto ad afferrarle la mano. Cercò di portarsela alle labbra, per baciarla:

«Io non ti ho dimenticato, Lisa.»

«Anch'io non ti ho dimenticato. I cancri non si dimenticano. Cancro mi sei stato, e cancro mi resti. E ora lasciami la mano o te la mordo a sangue. Sotto gli occhi di tutti.»

Agii d'istinto. Mi scagliai su quell'uomo e presi a tempestarlo di pugni. Il Mora rideva, mi incitava con sarcasmo:

«Più forte! Impara a darli giusti, i pugni. Così sei tu che ti fai male.»

E a voce alta, sfidando con lo sguardo mia madre e i presenti:

«I fascisti si rivelano già da bambini. Senza manganello, non valgono niente. Perché, Lisa, non gli insegni a usare il manganello?»

Allora strisciai con il pugno fino alla sua faccia, distesi le dita come per accarezzarlo, affondando con tutta la forza le unghie. Gli graffiai la guancia. E il graffio sanguinò a dovere. Tanto che il Mora dovette tamponarsi col fazzoletto. Quando si allontanò a testa bassa mia madre mi baciò, e io, sì, mi sentii un adulto. A differenza di come mi vedeva mia madre, tuttavia, non mi identificai in mio padre. Mi chiedevo, infatti: "Mi ha amato davvero, mio padre? O sono stato un suo incidente di caccia? Ha sposato mia madre semplicemente perché c'ero io di mezzo?". Da quel momento mi sentii autonomo nelle mie prime emozioni, gelosie, incombenze.

In tanti venivano a chiedermi, alcuni portando mazzi di fiori:

«Tua madre è in casa?»
«Mia madre è morta.»
Avevano la battuta pronta:
«È per questo, cosa credi, che ho portato questi fiori.»
Gli sbattevo la porta in faccia. I fiori volavano dalla finestra e cadevano in testa allo spasimante che se ne andava. Mia madre si divertiva un mondo e applaudiva.
Prima di andare al Ballo Gardenia si provava un vestito dopo l'altro, ma nessuno sembrava accontentarla. Mi sedevo da una parte, aspettando. Lei si spogliava girandomi le spalle, ignorando i miei occhi che non perdevano un suo gesto. Dopo aver posato il reggiseno sulla spalliera di una sedia, si accarezzava i seni nudi, e mi piaceva quando passava il dorso delle mani sotto, alla radice un po' sudata. Finalmente si decideva per un vestito:
«Sono bella?»
Così è stato prima di uscire per Parigi. Le avevo proposto di andarcene a comprare vestiti, tanti quanti ne voleva. Ma si era portata i suoi, di quando era giovane, che aveva conservato come testimoni di una sua remota felicità. Con mio stupore, dopo un letargo di anni mutevoli, anch'essi apparivano, proprio perché eccentrici, alla moda. Si è girata di scatto e ha fatto volare, dalle gambe, la gonna larga:
«Sono bella?»

Per Boulevard Haussmann.
La prendo sottobraccio. Passeggiamo tranquilli nel quartiere che, la prima volta che conobbi Parigi, mi comunicò quel senso di "demeure lisse, compacte, mauve et douce" che, in *Du côté de chez Swann*, Proust vede come punto d'unione fra Parigi e Parma. La

conduco fra palazzi fasciati di calma, eleganti; le indico portoni che lasciano intravedere, in fondo ai cortili, tracce di antiche scuderie. Nelle portinerie spaziose, si intuisce una vita sommessamente chiacchierata e maliziosa:

«Come a Parma...»

Le spiego che Parma fu tracciata dal Petitot sulla falsariga di Parigi, e che il Petitot ideò i boulevard. Procedo con moderazione, come se avessi sottobraccio una convalescente. Mia madre sembra ascoltarmi, fissando i propri passi sul selciato. Sembra davvero che le interessino il Petitot, Proust e il godimento che quest'ultimo dichiara immaginando la piccola capitale emiliana, le sue case "lisce, compatte, color malva e dolci", "il suono della pesante sillaba del nome Parma", "la dolcezza stendhaliana, il riflesso delle violette".

Una dolcezza, un riflesso – mi dico – che un tempo furono anche di mia madre. È tutto così tranquillo che mi abbandono ad altri pensieri che stanno trovando compensazione: le infinite volte che sono andato al passo con mia madre che mi era lontana, e la sentivo, assente al mio fianco, come dicono che un corpo avverta un braccio amputato, che duole.

Penso: "Siamo, ora, un bel duetto per voce sola".

Ma le mie belle riflessioni svaniscono. Me ne rendo conto con un attimo di ritardo. Lei ha sfilato di colpo il suo braccio dal mio, ed è là che, con insospettata energia, sembra volare verso altri boulevard più pieni di luce, di folla. È là che vuol vedere tutto, inebriarsi di tutto: respira i profumi, persino le cose che l'incantano, come se ne venisse un soffio, e afferrare questo soffio significasse impadronirsene. La vedo ferma davanti alle vetrine di una famosa gioielleria, e le pietre preziose sono per lei parole d'invito, di complicità con le sue fantasie.

Gioca a sgusciarmi via, fra i negozi, i giardinetti, piccoli teatri con scritte multicolori, gente che risponde sorpresa e sorridente ai suoi cenni di saluto. La perdo di vista, la cerco in mezzo alla folla, ma è sempre lei che mi sorprende alle spalle:

«Sono qua, garibaldino.»

Ci ritroviamo, a sera, su una panchina appartata: io siedo più stanco di lei, che mi mette un braccio intorno, dividendo felice la mia stanchezza. Non so cosa esprimerle con lo sguardo, se rimprovero, risentita allegria o la perplessità tollerante di un padrone affettuoso che accoglie il proprio cane dopo che si è sciolto dal guinzaglio e si è dato lungamente alla pazza gioia. Capisce il mio imbarazzo, ma la lascia indifferente. Mi fa:

«Così è... È così che voglio vivere Parigi. Ora, se vuoi, puoi parlarmi di Proust.»

Non le parlo di Proust, anche perché subito mi distrae, indicandomi un punto:

«Guarda là, garibaldino... Un bicerìno stelànte comico lassù.»

Un modo di dire delle nostre parti. Significa: stelle gaie che gli occhi si bevono come un bicchierino di liquore.

«Va bene» le rispondo. «Se così dev'essere, così sia.»

D'altra parte, i nostri momenti di vena li abbiamo vissuti spesso giocando al gatto e al topo. Come quando uscivamo in bicicletta, nei pomeriggi estivi, per le periferie padane. Mi accodavo a lei che pedalava energica, euforica. Cercavo di starle a ruota perché il vento le sollevava la gonna scoprendo la parte posteriore delle cosce, e io fissavo quella carne bianca e rosa, percorsa dalle vibrazioni della pedalata. Lei se ne rendeva conto, non ero io che stravedevo. Allora si sollevava impercettibilmente, lasciando che la gonna si alzasse quel tanto di più.

Il desiderio entrava in circolo, come il profumo dei tigli che costeggiavano i viali. Poi, lei pestava con forza sui pedali. Le bastava poco per staccarmi. Agitava il braccio:

«Dài, raggiungimi, se ce la fai. Forza, garibaldino.»

Mi chiedo nel dormiveglia: chi è la figura che sta di fronte al mio letto, in piedi, addossata alla parete, nel tenue riflesso che scivola dall'esterno? E poi esiste davvero questa figura che tento di mettere a fuoco, e mi costa uno sforzo, perché un residuo di sogno non mi abbandona?

Mi pare che pianga, imponendosi tuttavia di piangere in silenzio, senza singhiozzi, per non svegliarmi. La tradiscono solo quelle lacrime che intravedo attraverso una nebbia, sulle quali la sua volontà non può nulla.

Ma non c'è nessuno nella camera, quando la scruto da sveglio.

Perché, allora, dalla porta che divide la mia camera da quella di mia madre, da quel filo di luce della porta accostata, che io sono certo di aver chiuso, mi arriva, pronta, la sua voce?

«Dormi. Dormi tranquillo.»

La porto a mangiare alla Maison Rouge.

Un ristorante che le piace, e lo sapevo che le sarebbe piaciuto: elegante e insieme festoso, ispira buonumore. Ho scelto un tavolo appartato, a lume di candela, una musica gradevole. "Un tavolo da amanti segreti" le ho annunciato ridendo, e già al primo brindisi restiamo più del dovuto con i bicchieri alzati, come se attraverso i bicchieri fosse possibile rivedere immagini delle nostre avventure che ci hanno permesso di spingerci oltre, con questa particolare contentezza amorosa.

Quando mi insegnava le prime cerimonie dei sensi...

Fantasticare sull'amore che le mancava, la solitudine immutabile, diventava una febbre. Mi diceva:

«Andiamo ai pioppeti di Bocca di Ganda.»

Le andavo dietro mentre si addentrava nel sottobosco fitto. Sgusciavano dai cespugli ragazze che si staccavano con lieta indolenza dal compagno: i loro piedi nudi avevano il passo dell'amore appena fatto. Coprendosi con la sola camicetta, si dirigevano ai ruscelli sui quali divaricavano le gambe e si abbassavano per lavarsi.

Mia madre si sedeva da una parte, le leggevo negli occhi nostalgia e invidia per le ragazze che si muovevano indifferenti, senza curarsi degli sguardi indiscreti. Portavano l'acqua al fondo del ventre con gesti calmi, e quei ventri, le natiche che si appoggiavano sui talloni, mi apparivano con le forme degli strumenti musicali che i liutai creavano nelle botteghe affogate nelle nebbie. Chiedevo:

«È peccato se guardo?»

«Perché vuoi guardare?»

«Il perché non lo so. So che mi fa piacere. E mi riempie di festa.»

«Sì, per i preti è peccato. Ma tu guarda lo stesso.» Insinuava, accondiscendente: «Un garibaldino deve sapere... E tu sei un garibaldino che, per queste cose, ha preso da suo padre, purtroppo».

Le chiedevo ragione di quel "purtroppo".

«Perché un po' è una fortuna, un po' è una fissazione.»

Mi spiegava di mio padre:

«È sempre stato un uomo desiderabile, e le donne gli corrono dietro, e lo so, lo so, che lui lo zampino ce lo mette. Uomini così, dalle nostre parti li chiamano "i pirlatori con le fangose del silensio", e i pirlatori sono appunto quelli dallo zampino pronto con le femmine, mentre le fangose del silensio sono le scarpe di chi si fa le cose sue in punta di piedi, zitto zitto, perché gli altri non se ne accorgano, e poi fila via alla chetichella.»

Le tornava il bene dell'arguzia, anche audace, che si raccontava fosse il suo maggior pregio, da ragazza.

«Anch'io diventerò un pirlatore con le fangose del silensio?»

Mi arruffava con una mano i capelli, sviando il discorso:

«Però gli voglio bene lo stesso, a tuo padre. Da una parte è rimasto bambino, e i bambini, si sa, giocano con le figurine, di carta o di carne. Dall'altra, sa essere un'anima bella, se vuole, e l'ha dimostrato, poveretto, dividendo con me le pene dell'inferno.»

«Con le figurine io non gioco. E qualche pena anch'io la divido.»

Mi tirava a sé, mi era grata:

«Guardatele pure le ragazze, e impara. Ma ricordati: non fare mai la fine del gallo cedrone.»

«Che fine fa, il gallo cedrone?»

Intuivo che doveva trattarsi di una fine ingloriosa, dato che si chiudeva a riccio, come sempre se annusava disgrazia:

«Te lo dirò. Al momento opportuno.»

Prendeva a spogliarsi in fretta, per buttarsi in acqua, eccitata dai corpi giovani che si aggiravano soddisfatti fra i fusti dei pioppi, dal sole che si aggiungeva al calore delle passioni, accompagnandosi a un venticello che portava i profumi dei fiori di fiume: ninfee, artemisie, i semi a nuvole viola della tifa.

Non c'era confronto fra il corpo di mia madre che esplodeva dai vestiti e le figurine delle ragazze. La vedevo superba quando si tuffava, e subito non guardavo più le ragazze, guardavo lei che nuotava nel fiume, opponendo a nostalgie e a voglie insoddisfatte il battere vigoroso e ritmico delle braccia.

Usciva dall'acqua, si stendeva a pancia sotto sull'erba, mi chiedeva:

«Asciugami.»

... Alla Maison Rouge comincio io con le confessioni. Ho sempre portato in casa le donne che ritenevo possibili compagne di vita pur sapendo che da mia madre non avrei avuto giudizi, solo sguardi sospettosi. Tempi in cui lei non poteva giudicare niente e nessuno. Le chiedevo:

«Che ne dici? Che persona ti sembra?»

Valeva la regola: "Tutto bene?". "Tutto bene." "Sono contenta." E con un'ultima occhiata, mia madre spariva, per non essere coinvolta. Le mie donne convenivano:

«Non le sto simpatica.»

Difficile spiegare la realtà delle cose. Potevo, tutt'al più, fare un ultimo tentativo che sapevo inutile. Cercavo mia madre per la casa, la trovavo seduta in qualche angolo di stanza, le mani sulle ginocchia, gli occhi fissi a terra:

«Ma almeno scambiaci due parole.»

«Lasciami fuori!» e dondolava la testa, poteva avere uno scatto d'ira. «Fatevela voi, la vostra vita. E lasciatemi fuori.»

Arrivava a gridarlo, con scoppi di pianto:

«Io non c'entro con la vostra vita. Io non c'entro nemmeno con la vita mia.» Gridava ancora: «Via! Via!... Vattene».

«... Se avessimo potuto parlarne» le dico. «Se fra di noi ci fosse stata la complicità che abbiamo ora...»

«È uno dei miei rimorsi. Ti avrei evitato di fare la fine del gallo cedrone...»

Finalmente me la racconta, questa fine. Il gallo cedrone, quando cade nella rete della femmina, s'inebria del suo canto. Rovescia indietro la testa, spalanca il becco, allarga le ali a ventaglio e si fa superbo della sua ruota d'amore:

«Ruota sublime, a vedersi, penne dai mille colori, ma pur sempre di un urogallo coglione.»

Infatti, mentre emette il suo richiamo e gira su se stesso credendosi bello, non è in grado di avvertire alcun rumore, non sente, non vede, quindi il cacciatore può avvicinarsi fino ad averlo a tiro. E spararagli.

«Già. E non ti sei mai chiesta quante volte mi hanno sparato?»

Torna pensierosa:

«Forse è vero che la donna è come il camaleonte, che da dove si posa prende il colore. Molte sono un male inevitabile, come il nascere dalla loro pancia. Alcune sparano. L'importante è vedere se fanno centro.»

«Una volta.»

«Con quella che è stata tua moglie?»

Mi incupisco anch'io:

«Te ne ho già parlato. Perché tornare sul discorso?»

«Perché stasera la mia mente è chiara. E posso capire.»

«Scenate, scenate continue. Urla... Mi stai ascoltando, stavolta?»

«Sì. Ti sto ascoltando.»

«Furie che accecavano anche la parte buona del suo animo...»

«Come accadeva anche a me?»

«No. Erano senza una ragione. Tu avevi ragioni profonde. Le tue non erano stizze superbe del carattere. Era la tua anima andata a pezzi... Puoi ascoltare anche questo che ti sto dicendo?»

«Sì. Ora posso.»

«Se ti avessi parlato così, a quei tempi, saresti scappata da casa e non saresti tornata mai più.»

«Lo so.»

Una consapevolezza che è una grande conquista. La rasserena, le permette di guardare in faccia anche quella che è stata la sua apocalisse.

«Era la pace con me stesso, la pace fra me e mia moglie che finiva per essere ammazzata.»

Mia madre conviene:

«Quanta pace uccisa per niente, in quegli anni... Un campo di battaglia lastricato di morti che erano momenti di pace.» Insinua: «Tu hai fatto il possibile con quella donna?».

«Credo, in coscienza, di averlo fatto. Anche se a volte la tradivo, fuggivo, quando si superava il limite, e perdevo il rispetto per me stesso... Glielo gridavo in faccia: "Io non voglio essere schiavo della superbia altrui, che non ha comprensione, perdono, che impone le regole del suo moralismo fanatico, del suo egoismo che non si concilia con gli affetti della vita"... Rare dolcezze non compensavano nulla... Io restavo uno che veniva dal quartiere miserabile di Parma, lei restava una dell'altra parte, che poteva vantarsi nobile, ricca.»

Stiamo in silenzio. Poi mi accorgo che mia madre torna a sorridere fra sé. Torna a parlarmi da "fidanzata", con la fermezza affettuosa di una fidanzata sicura di sé, dietro il velo luminoso di una candela messa, con galanteria, a segnalare un definitivo incontro d'amore:

«Però tre delle tue donne me le ricordo bene... L'austriaca, l'attrice, il nome non so pronunciarlo, e Cristina, e Michela. Peccato che con la prima di queste due, il tuo amore giovanile, fosse per me troppo presto, con la seconda per me troppo tardi... Due anime belle. Da capire, con pazienza, molta pazienza, ma pulite.»

«Ti piaceva parlare con loro. Con loro, ti aprivi.»

«Mi consentivano di comunicare col mio sesto senso. La donna che vale è quella che parla al tuo sesto senso col suo sesto senso. In questo modo, riesce a dirti tante cose senza bisogno di troppe parole.»

Al centro del ristorante, una ragazza vistosa. Coi capelli lunghi che le arrivano fin quasi alla vita, gli occhi chiarissimi ma vuoti d'espressione, i grossi capezzoli che si stampano contro la camicetta. Sorride per mettere in mostra una fila di denti bianchi, perfetti. È dall'inizio della cena che alterna parole fra il suo accompagnatore e il cellulare. Mia madre la indica:

«Vedi, garibaldino, quella è nata senza sesto senso. Un cecchino perfetto per un gallo cedrone. Donne così nascono per strappare le penne più colorate dalle ruote d'amore. Quella credo che abbia messo da parte più penne di un indiano.»

Ho scelto, per lei, una suite che l'incanta.

I bagni sono lussuosi. «Piazze d'armi» dice. «Grandi come la casa dove sono nata. C'è da averci soggezione.» Tuttavia vi si muove con disinvoltura. La vedo farsi la doccia attraverso la porta che ha lasciato accostata. Mi colpisce quel tanto di spregiudicatezza beata con cui si muove sotto il getto dell'acqua:

«Entra. Asciugami la schiena.»

Mi spingono, vive, le immagini di quando usciva dall'acqua ai pioppeti di Bocca di Ganda. La raggiungo. Le asciugo la schiena. Lei si abbandona sotto le mie dita come allora, sdraiata sull'erba, raccomandandomi: «Muoviti lento. E bene». Mi chiede:

«Ti ricordi quando mi dicevi "Stanotte ho paura. Mi fai dormire con te?". Una scusa. Tu eri un ragazzino che non aveva paura di niente.»

«Sì» le confesso. «Era una scusa.»

Entravo nel suo letto. Mi piaceva sentirla respirare contro la mia faccia.

Poi si girava sul fianco. E anch'io. Ci si disponeva a dormire insieme sul medesimo fianco, e subito si provava il piacere di insinuarci l'uno alle spalle dell'altra, e io aderivo alla sua schiena, alle sue natiche, come avevo visto fare a mio padre – quando lo spiavo mentre stava con lei – spingendo le gambe fra le sue gambe, facendo combaciare i piedi, come se si appoggiassero su un gradino verso il sogno, un po' più su delle cose...

Facevo scivolare la mano, la tenevo per il ventre, come lei si era tenuta il ventre per proteggermi mentre mi avviavo a nascere, e lucidava i pavimenti sotto gli occhi del Mora. Tornavamo, come uno dentro l'altra, in quella dolcissima terra di nessuno che precede la vita, dove il suo cuore batteva forte, dove avevamo conosciuto un uguale stato di grazia, una grazia viscerale.

E il corpo femminile non era più un'oscura tentazione di cui mi era preclusa la conoscenza.

Il flauto magico, all'Opéra.

Lo ha seguito attenta. Ne abbiamo parlato fino a notte alta, nella suite. Con parole appropriate, acute osservazioni, mi ha intrattenuto sulle scene buffe, le parti drammatiche, i fiabeschi riti di iniziazione, le stregonerie e l'estasi.

Cresceva la sicurezza delle sue riflessioni. Cresceva anche la mia sorpresa nell'ascoltarla:

«Vedi, garibaldino, io seguivo l'opera e pensavo: ha ancora senso immaginare l'amore che si prova per una persona, il mio amore per te ad esempio, come un flauto, magico o no che sia? Certo, la tentazione la capisco: perché mandi suono, il flauto dev'essere baciato dalle labbra, interpretato con passione, tenuto in pugno, sia pure con delicatezza. E quando l'esecuzione finisce, deposto nella custodia...»

«Cosa cerchi di dirmi?»

«Sciocchezze, forse.»
«Non sono sciocchezze.»
«Come fai a saperlo?»
Le ho sorriso:
«Diciamo: il sesto senso...»
Ha sorriso con me. Ha continuato:
«Il problema di una donna nelle mie condizioni è rispondere alla domanda: che mondo mi lascerò alle spalle? Lasciarsi alle spalle qualcosa, per sempre, ti fa tremare. E bisogna capire cosa. I flauti magici?... No. Sarà il silenzio, un silenzio che non ha più niente di magico, che ormai non accoglie più nessuna musica. Di questo silenzio io sono già stata testimone.»

Avrei voluto esprimerle la meraviglia che stavo provando, ma ho temuto di spezzarne il filo. Mia madre aveva conquistato il punto più alto della sua rinascita: breve, malata anch'essa, ma rinascita. Non si era mai aperta per confrontarsi con verità al di fuori di lei e di me.

«Lascia che ti racconti questo... Del mondo, intendo, di quelli che il mondo ce l'hanno in pugno.»

Quante volte avrei voluto ascoltare dalle sue labbra frasi come questa:
«Ti ascolto.»

«Capitò tanti anni fa. Ci informarono che Mussolini avrebbe ospitato, nell'Albergo Regina di Cattolica, il capo dell'Austria, Dollfuss.

Da quell'incontro, dissero, molto sarebbe dipeso della pace nel mondo. Dollfuss sarebbe intervenuto a favore dei nostri compagni, detenuti o confinati politici. C'erano anche due miei fratelli fra loro. Tu sai cos'era una galera del regime, un confino. Tu queste cose le hai scritte... Insomma, avremmo potuto consegnare a Dollfuss una petizione, con nomi e cognomi.»

Ho avuto persino il dubbio che ciò che stavo ascoltando non uscisse dalle labbra di mia madre. Ma dalla madre sognata che avevo aspettato, invano, per anni:

«Continua.»

«Siamo arrivati a Cattolica. Una folla ad aspettare, ma le ore passavano e non appariva nessuno. Ci sorprendeva l'assenza delle autorità civili e fasciste, mentre presenziavano quelle militari. Come mai non c'è il Federale, si preoccupavano gli ufficiali, e il Podestà, e nessuno da Roma? Non doveva esserci personalmente Mussolini?... Al tramonto spuntò il motoscafo. Cercammo di riconoscerne la bandiera, ma nessuno avvistava bandiere. Alla guida c'era un marinaio, e dietro di lui stava ritto un giovane ufficiale: la sua uniforme, da quella distanza, appariva tutta nera. Sul cuscino di velluto azzurro, dove assicuravano avrebbe dovuto sedere Dollfuss, il vuoto. È troppo giovane per essere Dollfuss – si misero a dire dell'ufficiale – non ha l'aria pensosa di chi guida un popolo, e un presidente non starebbe mai in piedi con quella spavalderia.

Tutti si interrogarono sull'età del Presidente. E chi diceva trenta, chi cinquanta, chi addirittura settanta. Comunque sia – ordinò un generale – suonate l'inno austriaco, faremo noi soli per Mussolini e i poltroni di Roma: benedetta occasione per l'esercito di dimostrare che potremmo benissimo reggere l'Italia anche senza di loro... E la banda attaccò l'inno, con gli alti ufficiali sempre più nervosi, e un colonnello chiese: non sarà, signor generale, che questa è una burla alle nostre spalle?

Il motoscafo attraccò. L'ufficiale scese con un salto e annunciò con un nodo alla gola: il Presidente Dollfuss è morto!... È stato ferito a morte nella giornata di ieri, nel palazzo della Cancelleria, in procinto di partire per trascorrere una vacanza qui, sul vostro mare... Allora la banda interruppe l'inno. Il primo a reagire fu il generale: i fascisti lo sapevano, ma a Roma si divertono a fare della politica un cinematografo... L'ufficiale austriaco gli ordinò di smetterla, affermando: ci troviamo davanti alla fine di un grande, a una tragedia che il mondo dovrà scontare per anni!...

Nessuno aveva fatto quella domanda, nessuno aveva pensato di farla. Si alzò la voce di un ragazzino: chi ha ucciso Dollfuss?

L'ufficiale austriaco abbracciò il ragazzino, poi gridò: *Nazisti*!

Per la prima volta questa parola cadde su di noi, volò ai quattro venti... Il motoscafo tornò indietro, con le luci abbassate e la bandiera che ora scoprivamo abbrunata. Guardando il cuscino di velluto che s'allontanava, mi sembrò anche più vuoto... E poi il silenzio, sulla folla ammutolita, compresi i militari che si dispersero rinunciando a salire sulle automobili e i camion, per ritrovare camminando la forza di una parola... Non si sentivano più nemmeno i gabbiani, le sirene dei battelli.»

«Accendi la televisione» mi dice.

Il telegiornale.

«Alza il volume.»

Ascolta. Io ascolto con lei.

«Lo senti quel silenzio? Al di là del chiasso. C'è il silenzio di quel giorno... Non lo senti come rende ovvie le facce, le chiacchiere, come tutti questi drammi volano via, uno dopo l'altro, non lasciano segno, perché dietro c'è il dramma di quel silenzio?»

Fissa un punto, in alto. Chiude gli occhi:

«È questo il silenzio che mi lascerò alle spalle, e forse me lo ritroverò subito dopo.»

Ha voluto farsi fotografare agli Champs-Élysées.

Nell'immagine, il messaggio trasmesso dai suoi occhi è il desiderio. Quando è assoluto, il desiderio privilegia il godere di noi stessi fuori dai fatti che ci coinvolgono: quasi il mondo si fermasse o non fosse più una foresta di pretesti inventati per tirare avanti, bensì l'invenzione di una sola meraviglia, quella di esistere.

Mi ha consegnato la fotografia:

«Conservala tu per me.»

«Ti ricorderai di Simone?»

Stavolta reagisco. Cerco di farle capire che questi presagi sono assurdi, ingiusti, dato che stiamo vivendo giorni perfetti. Mi accaloro, forse troppo:

«Scusa» le dico.

«Scusami tu. Ma ricordati di Simone.»

Parigi distesa sotto di noi. La guardiamo dal balcone.

Le luci e il buio delle strade, dei viali, dei giardini, sembrano farsi partecipi. Le foglie si affollano intorno, spinte da un vento soffice.

Mia madre si ricorda di un gioco che facevamo fra noi, scherzando come se fossimo stati entrambi ragazzini, ma dando alle parole le allusioni di un'anima adulta. Mi chiede:

«Dimmi quella cosa che volevi dirmi...»

«Dimmela tu.»

«La conosci perfettamente.»

«Anche tu.»

«Dimmela lo stesso...»

Potremmo continuare all'infinito. È sempre stato un gioco, quando le nostre teste hanno avuto il bene di girare per lo stesso verso, in armonia. Ma di quella cosa, che si è sempre sul punto di dire e non si dice, non abbiamo mai saputo niente.

Fissa la distesa della città quando esclama, serenamente:

«Domani, dunque.»

«Domani. Se proprio lo vuoi...»

«Sì. Domani va bene.»

Era la nostra ultima notte a Parigi. Sono entrato nella sua camera, come facevo da ragazzino quando provavo, per lei, una nostalgia che non aveva altra ragione che se stessa. Mia madre si faceva trovare addormentata. Ma lo era davvero o fingeva? Respiravo il suo profumo nell'aria. Era un segnale. Un altro modo di intenderci. Ne avevamo inventati tanti. Piccole finzioni per essere veri. Come avvicinarmi alle sue labbra fingendo attenzione per non svegliarla, al tempo stesso augurandomi che anche la sua fosse una finzione. Allora avrebbe aperto gli occhi per invitarmi:

«Vieni.»

Dipendeva da quel velo di fiato comune...

Ho lasciato che mi animasse, anche se era appena percettibile. Bastava davvero un niente, fra noi. Ho capito che non avrei avuto parole. Per una parola d'invito avrebbe dovuto risalire da un sonno più profondo della sua volontà.

Mi sono seduto accanto al suo letto. Così, fino all'alba.

Stanno salendo a prendere i bagagli.

Tutto è pronto.

C'è il tempo per un caffè. Beviamo dalle tazzine impiegando quel tanto di lentezza, per restare ancora un po' nella suite, seduti uno di fronte all'altra. Mia madre calcola la sua lentezza sulla mia, a piccoli sorsi, scrutando ora me, ora la distesa di Parigi. Per darmi un minimo di pace in più, e per averla:

«Un momento, garibaldino... Un momento.»

Un breve istante che riassume tutto il suo capirmi, il suo avermi assecondato con rispetto e con grazia.

Tre mesi dopo, mia madre fu colpita dall'insidiosa malattia organica che l'amico aveva previsto e temuto.

La mattina del 26 giugno, il giorno precedente il mio compleanno, una telefonata, un grido.

Era una delle infermiere incaricate di assisterla.

Gridò semplicemente il mio nome.

Da come l'ha gridato, ho capito che mia madre era morta.

PARTE SECONDA

VI

Le ore di viaggio per raggiungere Parma. Il dopo.

Conferme mentali, solitarie, impotenti, del grido che mi era penetrato nel cervello.

Come avrei potuto sopportarle?

L'attesa, nel nulla: quel nodo alla gola.

L'attesa di adeguarsi a una nuova vita sradicata negli affetti. È come star dietro a una porta chiusa che ancora ti protegge (il tempo, l'importante è lasciar passare il tempo). Ma bisogna aprirla, superarla, andare.

È in questa attesa che si è profondamente soli. Ora lo si capisce. Il grido d'amore, di dolore, non servono più. È l'altro grido che si fonde col silenzio, nell'impossibilità di far udire la voce. Come nella bocca spalancata di un muto.

Sparire. Non esserci più.

Mille ipotesi. Analogie.

Mi ero trovato di fronte a un'attesa così insopportabile nel momento più drammatico della persecuzione che mi voleva Mostro di Firenze, un innocente da distruggere per il solo fatto di aver scoperto la verità.

Fu un agguato notturno. La violenza che si abbatteva su di me nel buio fitto, fulminea, senza darmi alcuna possibilità di difendermi. Io a terra, la sbarra che mi sferzava la fronte, e ombre, ombre che mi toglievano il respiro tenendomi fermo per potermi percuotere, ombre in fuga, che scomparivano veloci. Quando tornai a guardare le case e le strade illuminate, il mio campo ottico era tagliato a metà, solcato di netto come da una rasoiata: nella parte alta dell'occhio, una lunetta grigia, opaca, la metà in basso traslucida, come una scheggia di cristallo. Il mondo tagliato in due. Le stesse facce di quanti mi circondavano per soccorrermi, tagliate in due.

Distacco, caduta di retina.

Un intervento chirurgico fra i più a rischio. Ore di anestesia. Il risveglio, un incubo: di nuovo nel buio assoluto, senza ritrovare la luce, immediatamente bendato. Sarei tornato a vedere? Sarei rimasto cieco? Bendato per giorni, prima di saperlo. Il senso di soffocamento, la claustrofobia. E in più l'odio incontenibile per gli attentatori che avrebbe richiesto, da parte mia, energie fisiche e mobilità spinte al massimo, per reagire o illudermi di poter reagire.

Invece, anche per quell'istinto di ribellione, immobilità e buio. Non avrei potuto sopportare la lunga notte senza verdetto, l'attesa di una luce improbabile.

Mi servii del vasetto color oro e drogai quell'attesa.

L'effetto si produsse. Quasi immediato.

Ho sempre amato le immersioni subacquee. Le ho praticate in tanti mari, per concedere ai miei occhi le meraviglie del mondo ultramarino. E quelle meraviglie mi vennero in soccorso, accogliendomi in un continuo flusso di visioni che ancora restano impresse nella mia retina ricostruita. Mai sono stato vedente come nell'attesa di sapere se sarei tornato a vedere.

Il vasetto color oro. Con due occhi umani tracciati in tinta azzurra.

Li ho sempre immaginati occhi femminili, occhi di donna persi nel vuoto durante un intenso rapporto d'amore. Il vasetto color oro nascosto in mezzo ai libri, per sviarne la tentazione. La tesi di Foucault esatta: il fenomeno di certe droghe è analogo a quello non solo della follia, ma anche di manifestazioni dello spirito difficili da spiegare con la ragione, come il mito, la religione, il mistero.

Il vasetto color oro contiene la Dawa, che fa uscire dal presente portando alla superficie, esasperate, visioni in letargo nel sottosuolo dei sensi, ma che i nostri occhi hanno registrato e privilegiato in circostanze concrete, e che perciò fanno parte di noi, si manifestano come rivelazioni di noi stessi, sebbene portate a limiti estremi. Per molte leggende africane, segna il confine fra l'esistenza terrena e il suo mistero.

Ho conosciuto la Dawa in Congo, durante una guerra feroce a cui ho preso parte, poco più che ventenne, come inviato speciale del mio giornale di allora, «Il Messaggero». La somministravano, prima dell'attacco, ai Simba, piccoli esseri guerriglieri che affollavano a migliaia le pianure, praticamente disarmati contro le mitragliatrici dei mercenari appostati sui dossi. Carne da macello, al grido fanatico "Mai Mulele", con la sola consolazione di morire avendo la mente stupefatta dalle incantevoli visioni di vita che la Dawa procura.

Dopo i massacri, i mercenari del Katanga, le Guardie Nere, gli stessi soldati dell'ONU, si aggiravano nelle distese dei disgraziati falciati dalle raffiche, che stringevano fra le mani, come bambini i loro giocattoli, i vasetti color oro, e il sole che batteva le pianure mandava fitti lampi d'oro. Rubavano alle vittime i vasetti che racchiudevano quello che era stato il sogno esaltante del loro morire. Sarebbero serviti, alla soldataglia, per esasperare altri sogni: di violenze carnali, saccheggi, torture.

Stringevo fra le mani il vasetto.

Lo fissavo sentendomi sciocco, stordito, vuoto.

Un giorno mi ero spinto in profondità nel mare greco di Delo. Mi avevano informato che nel fondale, non difficile da raggiungere, stava deposta una statua antica.

Ed ecco che mi trovavo di nuovo nella profondità marina, in quel canto creato dalle correnti che, curiosamente, vengono chiamate "in agonia": simile all'invocazione della stella condannata a essere ingoiata nell'universo. Quante volte, per i miei studi e le mie ricerche, avevo udito quell'invocazione nelle registrazioni degli Osservatori Astronomici.

Mi stavo liberando dagli allarmi, dalle speranze, dai mutamenti sorprendenti nella malattia di mia madre, che avevano reso il *sesto senso* un sottile tormento. Tutto, ormai, era avvenuto. E in me restavano la visibilità perfetta in cui mi immergevo, il candore della sabbia che andavo sfiorando.

Accerchiai una roccia. Mi trovai di fronte a uno sguardo. Era scolpito nella piccola statua ancora lontana, ma da cui un effetto prospettico riduceva la distanza. Mi chiamava, e io continuavo a obbedire al suo silenzioso richiamo. Anche questo inganno ottico era perfetto. La statua mi appariva sempre più a portata, ero certo che sarebbe bastato allungare il braccio, ma a ogni mio gesto si allontanava di un tratto. La mano non afferrava nulla.

Affondavo sempre più lontano dalla superficie che diventava come una volta celeste, punteggiata di astri. Rivedevo momenti essenziali della mia vita, in una sintesi vertiginosa, accompagnati da una struggente nostalgia della loro perdita. Stavo vivendo il fenomeno chiamato "euforia d'infinito": l'avevo già conosciuto – ma con la forza dell'infanzia che ancora non ha assimilato drammi ed è fatta di vergine curiosità – nella vastità del cielo, la prima volta che mio padre mi aveva costretto a salire con mia madre sul suo aereo.

Si prova la sensazione di volare verso un'ebbrezza sconfinata. La volontà non può far nulla per arrestarla.

Ero cosciente che, proseguendo, la morte mi avrebbe ingoiato. Allora, nello sguardo della statua, si delineò lo sguardo di mia madre.

Le visioni di quell'avventura lontana si fondevano, sempre più, con le visioni del presente.

Pensavo. Ma erano pensieri?

Pensavo che non avevo assistito al suo ultimo sguardo vivo. Ma ora quell'ultimo sguardo materno mi veniva concesso, e anche un muoversi di labbra: lei voleva dirmi qualcosa che non riuscivo ad afferrare, e mi sorrideva. Pregai:

«Aiutami, madre mia.»

Stavo per soffocare.

Quasi istantaneamente, una figura umana si delineò al mio fianco. Mi afferrò il braccio. La mano salvatrice tremava per una paura che comunque dominava. A colpi violenti di pinne venni spostato verso occidente. La figura che mi stava riportando alla vita terrena, faticava a trascinarmi, come se la mia volontà si opponesse. Ma io non potevo aiutarla. Finché i contorni di quel corpo non si dissolsero nel passaggio fra acqua e sole.

Mentre l'aria tornava a colmarmi e io cadevo sulla sabbia, la prima cosa che vidi fu il Faro di Mykonos.

... Ora, invece, ero in terrazza e, di fronte a me, la distesa di Roma.

La giornata limpida, non una nuvola. Eppure mi stordiva un odore di polvere impregnata di pioggia e di fulmini. Un temporale invisibile si dileguava brontolando lontano. Come quando, pochi mesi prima, in terrazza, lei all'improvviso mi aveva detto: «Abbracciami» e io l'avevo abbracciata, "da fidanzato" come le piaceva ripetere, con un tono di malizia, una sensualità a lungo accantonata e che ora ritrovava capricci di desiderio.

Riudivo con tale precisione quel tono della sua voce, che avrebbe potuto parlarmi, e forse mi parlava, in quell'istante:

"Persino nel fondo del mare il tuo sesto senso e il mio sono stati, come sono, un senso comune... Quando ti costruivo nella mia pancia, mettendoci tutta me stessa, chi era dentro l'altro?... Eri tu dentro di me o io dentro di te? Lo vedi? È una domanda che non ha risposta. O meglio, ne ha una sola: esiste il duetto per voce sola, come ami dire tu, garibaldino."

... E mi tornava un'apparizione che, un giorno, lasciò me e mia madre senza fiato.

Nel Gran Bosco della Mesola, verso l'Abbazia di Pomposa. Un daino ci fissava, immobile, a pochi metri di distanza. Non era infrequente incrociare daini nel Gran Bosco. Quale fu dunque la sorpresa che ci bloccò? La bestia ci stava manifestando, nei suoi occhi mansueti, una benevolenza priva di paura; ma, il suo muso, non riuscivamo a distinguerlo con la nitidezza consentita dalla relativa distanza: lo vedevamo attraversato da un riverbero che nasceva dal suo corpo, un tremolìo di luce, e subito pensai, con la mia fantasia di ragazzetto, che il daino fosse una creatura irreale, piovuta dal cielo, un'apparizione di quelle che erano favola nel Delta, dove la vegetazione fa pensare a una piccola Amazzonia.

Mia madre mi disse: «Guarda meglio».

Mi spiegò che era il contrario. Quel daino era una creatura di terra, lo era a tal punto – con la crudeltà che può avere la terra – da lasciare sgomenti. La bestia era stata sparata da un cacciatore di frodo, la pallottola non l'aveva uccisa, l'aveva mancata di un soffio, centrando l'orecchio sinistro, e ora quel foro di pallottola lasciava filtrare, attraverso l'orecchio, un raggio di sole che spioveva tra gli alberi fitti.

Sopravvissuto per miracolo, il daino si portava quel raggio come se un tocco soprannaturale facesse parte del suo essere bestia braccata, un segno di pietà divina, mentre non era che una prova della mancanza della pietà.

Nel Diario di mia madre c'è una frase rivolta a me: «Quando sarà, considerami come quel daino. La morte mi colpirà, ma sortirà soltanto un effetto di luce, dentro i tuoi occhi... Abbiamo visto tante cose noi due insieme, e con gli stessi occhi, vero?».

... Le visioni si susseguivano.

Anche questa piccola scena era accaduta fra noi.

«Avvicinami quella lampada» mi aveva chiesto.

Nell'atto di sollevarla, avevo notato una cosa che mi era sfuggita. Una farfalla stava allargata sul cappuccio e alzava le estremità già bruciate delle ali. Avevo deposto la lampada davanti ai suoi occhi. Il corpo della farfalla era incastrato dentro un rosso radiante. Seguiva il giallo. Mentre l'azzurro si decomponeva in nero.

«Un istante fa» mi aveva spiegato mia madre «osservavo la farfalla a distanza. Era entrata venendo da un ramo. Ha visto la luce. Quell'unica macchia sospesa nel buio dev'esserle apparsa una profondità dove stava la sua fine inevitabile e doveva immergersi. Ha aderito al vetro, si è aperta in tutta l'ampiezza delle ali. Obbedendo alla fatalità, ha tentato di trapassarlo.»

Sotto i nostri occhi la superficie incandescente succhiava la bellezza dei colori disfatti che ricadevano con particelle appena visibili sul bulbo.

Mia madre mi aveva spiegato, con parole sue, il segreto che spinge certe realtà fisicamente estranee a immergersi l'una nell'altra.

Io restavo la lampada accesa.

Sto viaggiando verso Parma.

Di nuovo, una luce accecante. È un'altra visione? Ne ha i contorni. Ma, a colpirmi gli occhi, è il sole della calda mattina attraverso i finestrini dell'automobile. Tuttavia, una forza positiva, clemente, si fa spazio in me. Nessuna angoscia mi rende insopportabile il senso dell'attesa. Perché la persona da raggiungere sta già dentro di me, in questo spazio...

È come se fossi io che accompagno mia madre a vedere un'immagine di se stessa che sta per dissolversi. Sapendo che, nei giorni a venire, potrò ricrearla dentro il mio corpo come ha fatto lei quando mi difendeva coi denti sotto gli occhi del Mora, e si diceva: "Oggi, forse, gli sto facendo gli occhi, e devo farglieli bene, di un azzurro che le donne dovranno ammirarlo, e con una vista capace di vedere il mondo anche in un mare di nebbia".

Oppure si trattava del cuore. O delle mani, e lei badava a ogni dito, ogni unghia. E più il Mora ripeteva "Dài, uccidilo, Lisa", più ci metteva tutta se stessa.

La creerò bambina – mi dico – e ragazza, e con l'età di quando ci siamo salutati l'ultima volta. Ed ecco, questa che torno a udire è la sua voce che si avvicinava al letto di un bambino che aveva paura di addormentarsi:

«Perché hai paura?»

«Ho paura dei sogni che posso fare, e anche di non svegliarmi più, dentro al buio per sempre.»

«Allora, per convincerti, ripeti: io sogno quello che voglio sognare...»

«Non si può.»

«Certo che si può. A un garibaldino riesce. Comunque adesso ti racconto qualcosa, una delle fole mie che fanno miracoli. Ne so di belle, io... Ne so di così belle che danno un sorriso ai sogni. Anche a quelli che si fanno a occhi aperti.»

... Chiedo all'autista:

«Metta un po' di musica.»

È una canzonetta. Una serie di canzonette:

«Non ci sono che canzonette» mi dice a disagio. In una tasca della giacca, ho portato la fotografia che lei si è fatta scattare agli Champs-Élysées. E così mi è facile immaginare che la canzonetta sia un'aria del *Flauto magico*. E lei la Regina della Notte, con quel canto:

"Non temere, mio buon figlio..."

Il tempo è già passato. L'autista mi sta scuotendo:

«Siamo a Parma.»

La porta è accostata. Sul fondo del corridoio.

Come la lasciava lei, aspettando che la raggiungessi, quando mi perdevo qua e là, con le mie stravaganze, e mi dimenticavo del tempo. Scivolava col batticuore delle sue ansie nella propria camera, lasciandosi alle spalle la porta accostata. L'avevo visto tante volte quel gesto che avvicina con delicatezza i battenti, evitando lo scatto della serratura. L'invito più persuasivo anche per una donna che aspetta l'uomo desiderato.

Arrivavo di corsa. Ma, entrando, badavo anch'io a chiudermi, con delicatezza, la porta alle spalle. Il suo animo era inquieto, tuttavia esprimeva la bellezza della pensosità che, in una donna, mi ha sempre affascinato. Senza girarsi, mi chiedeva:

«Perché così tardi, garibaldino?»

Percorro il corridoio con la sensazione di portarmi lei bambina, una bambina che si chiede per la prima volta, con innocenza: "Come sarò, da vecchia? Toccherà anche a me morire?".

Mi sorprendo: perché non l'ho mai immaginata bambina? Com'era, da bambina? Una sola fotografia la ritrae nei primi anni: un viso ovale, pieno di gaiezza e di trepidazione, una luce diffusa, probabilmente da una porta aperta. Doveva essere una bambina buona, comunque costretta dalla solitudine a manifestarsi con atteggiamenti opposti, fra docilità e ribellione.

Mentre la porta si avvicina, ne avverto la mano soffice, calda, il passo incerto che cerca di stare all'altezza del mio. Mi chiedo: che figlia bambina sarebbe stata per me? Come mi sarei visto, in lei, mutati i ruoli? Avrei saputo renderla felice? L'avrei amata, certo, e l'idea dell'amore che avrei potuto darle, difendendola coi denti se fosse stato necessario, mi spinge a sollevarla da terra, per prendere in braccio il suo corpicino caldo e soffice come la sua mano. E lei che, ridendo, mi dà un bacio sul naso.

Raggiungo la porta. Le raccomando:

"Tu, adesso, non guardare. Non devi guardare, hai capito?"

Mi risponde: "Va bene". Affonda la testa dentro la mia spalla, per non avere nemmeno la tentazione di uno sguardo.

«È sorprendente. Non c'è segno di decomposizione rapida. Non capita quasi mai, le assicuro.»

L'impresario di pompe funebri mi sta alle spalle:

«Lavata, vestita, truccata se lo desidera, sarà bellissima.»

La cassa è già contro la parete, accanto al refrigeratore. I cosmetici per il trucco su un tavolino. I vestiti appesi, fra cui scegliere. L'impresario rispetta il mio silenzio. Mi concede un po' di silenzio in più:

«È tutto pronto. Posso far entrare i miei...»

«No» reagisco. «Non faccia entrare nessuno.»

Si stupisce:

«Vuol provvedere lei?»

«Se mi è concesso.»

«Ma certo. Anzi, lasci che mi complimenti. Sapesse cosa significa il ribrezzo dei parenti anche più stretti, genitori, figli, che non vogliono più avere a che fare con chi li ha amati. Mi capita ogni giorno. Mi creda, è l'aspetto peggiore del mio lavoro.» Ha un'esitazione: «Secondo la consuetudine, se non proprio la regola, io dovrei rimanere».

«Mi lasci solo» insisto. «Per favore.»

Esce. Senza obiettare.

... Una musica. Una musica scandiva i miei gesti.

Come se uscisse dal portale della piccola chiesa sconsacrata che ancora resiste in un borgo accanto alla mia casa di Parma. Sembrava sorgere da là, o da un angolo della camera, o dalla mia mente, dalla mia concentrazione dei sensi e della memoria. O forse io stesso l'avevo accesa... L'*Ave Verum Corpus* di Mozart.

La musica evocava Cristo che, dalla croce, guarda con un volto dolcissimo la Madre ai suoi piedi; le lacrime della Madre che si fondono col sangue del Figlio; la Madre che ottiene il corpo del Figlio, per concessione di Pilato, dai suoi stessi uccisori; la Madre che si prende cura di quel corpo, dopo essersi impadronita dei chiodi che ne vengono estratti: lo abbraccia, lo lava, lo asciuga...

... Ho lavato il corpo di mia madre. L'ho asciugato. Com'era accaduto a Parigi. Com'era accaduto, molti anni prima, ai pioppeti di Bocca di Ganda, quando lei usciva dal fiume, si buttava sull'erba e si abbandonava sotto le mie dita:

"Muoviti lento. Come ti ho insegnato."

E nessuno, meglio di me, avrebbe potuto pettinarla, truccarla per l'eternità. Avevo imparato ogni suo tocco, aspettando che ultimasse il suo rito mattutino. E lei, appena sveglia, si metteva allo specchio e si pettinava, si truccava con cura meticolosa, come se dovesse andare a chissà quale trattenimento, mentre non l'aspettavano che quei quattro passi dentro casa.

Tanta cura e pazienza, per spostarsi poi dallo specchio alla finestra, a guardare fuori, magari la neve che cadeva.

Alla fine, l'ho avuta fra le braccia con la sua bellezza ricomposta. Non avrei potuto sbagliare: alle vicende contrastate di quella bellezza avevo dedicato il meglio della mia vita. Fra i suoi vestiti, ho scelto lo stesso che, dopo molte incertezze, aveva scelto lei, per avventurarsi nell'euforia di Parigi.

... «E la Madre baciò il Figlio. Cominciò baciando con amore i suoi piedi. E disse: "Ecco, Signore, per te è giunto a compimento quel mistero stabilito prima dei secoli".»

Prima di vestirla, l'ho baciata. Mi sono proposto di baciarla con la dedizione che, per anni, il suo male aveva impedito e umiliato, negandomi il bene di quel bacio reciproco che ora la morte tornava a rendere impossibile. Mi sono inginocchiato e ho preso a baciarle i piedi. Mi ritrovavo nella luce che pioveva sulla chiesetta Domine Quo Vadis, mentre lei si toglieva le scarpe per far coincidere i propri piedi scalzi con le orme del Cristo. Riudivo la sua voce: "Piedi così piccoli e leggeri, come quelli di un bambino, così teneri, con la tenerezza di due piume".

Così erano, ora, anche i piedi di mia madre. E forse su quelle orme cristiane già si stava avviando, o cercava di orientarsi, stupita come una creatura appena nata alla luce di un mondo di verità insondabili.

E ho continuato a baciarla come quando uscivamo in bicicletta, nei pomeriggi estivi, per le periferie padane. Cercando di starle a ruota, dentro di me io le mandavo baci, se lasciava che la gonna si sollevasse nel vento a scoprirle le gambe, e il primo desiderio di donna mi entrava in circolo, come il profumo dei tigli che costeggiavano i viali.

Poi l'ho baciata cercando di immaginare come poteva averla baciata mio padre, nella stanza della neve, non prima di possederla, ma dopo averla posseduta, nel "dopo" che aveva spinto lei a rimproverarlo dolcemente «Potevi starci più attento, Mario», felice tuttavia che la vita, la mia vita, si fosse incamminata dentro di lei: «Perché una donna lo sa, lo sa sempre quando accade».

Mi ero chiesto: l'aveva baciata, "dopo", mio padre?

L'ho sempre sperato. Sono tornato a sperarlo.

Il sole cadeva sul suo ventre. L'avevo lavato, asciugato, con la gratitudine che le dovevo per avermi difeso con le unghie quando nessun altro mi voleva. Come se avessi avuto il potere di difenderlo io, ora, quel ventre, dal freddo perenne che lo costringeva a far aborto di se stesso.

Le ho baciato la fronte, per ripagarla e ripagarmi. Contro quel dio impostore che si annida nel cervello umano, e ne dispone a suo capriccio. Non dio, ma demone squallido che, a dispetto del Dio caritatevole, è capace di tormenti indicibili e di negare il libero arbitrio. Della sua morte, sì, gioivo.

Una fronte così innocente, così leale. Ben altro Dio avrebbe meritato, ben altri anni di vita, per giudicare in libertà l'effimera concessione di un'esistenza.

Mi sono avvicinato infine alle labbra di mia madre, come l'ultima volta, nella camera dell'albergo parigino, fingendo cautela come se avessi potuto svegliarla, al tempo stesso augurandomi di avere da lei, a sorpresa, una parola, una parola delle nostre, giocose, ironiche. O almeno:

"Oilà, garibaldino."

Da lei, un velo di fiato, com'era accaduto a Parigi, ma era soltanto il mio fiato che le sue labbra mi rimandavano. Le ho infilato in una tasca la fotografia che si era fatta scattare agli Champs-Élysées. Sul retro, dei miei versi:

«Andrò al passo – ancora con te che non ci sei, che mai più – prenderò sottobraccio – per sapere – godere – il lieto rasoterra delle cose... – Quanto mi brucia negli occhi – di me, ciò che ti assomiglia.»

Mi sono seduto sulla sponda del letto e le ho parlato per l'ultima volta:

«Adesso tu lo sai, madre mia. Ti è bastato un attimo, per saperlo... Se solo tu potessi, anche a costo di un piccolo inganno, me lo diresti ciò che ora conosci. Ma non puoi. Nonostante tutto l'amore che mi hai portato. È questo il punto della contraddizione, del dubbio... Adesso il tuo sapere è immenso rispetto al mio, che è un'ombra, meno di un'ombra, tu che ti intimidivi e restavi affascinata davanti alla mia cultura: questo non l'avresti mai immaginato, che un giorno il tuo sapere potesse farmi paura...

Il passo verso questa tua sapienza chiusa dietro i

tuoi occhi chiusi, le tue labbra sigillate, quel passo che temevi sei riuscita a farlo senza soffrire, dicono che non te ne sei nemmeno accorta. Hai mormorato, semplicemente: "Il cuore mi sta mancando".

Ti invidio, Lisa, Lisetta... Penso a quando toccheranno a me, il passo, il sapere se l'umanità, nei suoi millenni, ha avuto qualche buona ragione per illudersi, inventarsi religioni e divinità, dissanguarsi nelle guerre, deliziarsi in amori, farsi padre e madre per ubbidire alle leggi della specie... Oppure se è vero il nulla di cui questo tuo corpo, che in alcuni punti già si sta decomponendo, tenta di convincermi... Lo vedi? Nella tua umiltà di passero ora ne sai più del più grande genio che abbia abitato il mondo. Basta così poco, basta morire, per saperlo.

Vai, Lisa, Lisetta. Che almeno esista, dove ti trovi, quell'umanissima, preziosa cosa che è la memoria dell'addio più caro che abbiamo dato... Che almeno si possa ricordare, magari per uno sbaglio di calcolo, ciò che è stato questo pianeta.»

VII

Nella torre di mio padre

Era un modo di portargli testimonianza.

Come se lui fosse vivo. Estraniato dal mondo, ma vivo. Gliela dovevo quella testimonianza. Con la mia visita. Più esattamente, portando me stesso e la presenza di mia madre, vigile dentro di me.

Restavo sempre affascinato dalla torre in cui mio padre si isolava spesso da quando era stato epurato. L'avvistavo contro la luce del fiume, avvolta da stormi di rondinotti e beccacce. Ricordava uno di quei campanili che si incrociano nella campagna padana e che non hanno mai suonato campane per un'anima, non essendo mai stata costruita la chiesa. Nella loro solitudine, sta l'idea di Dio lasciato a metà.

Era sera, verso il tramonto, come l'ultima volta che ero andato a trovarlo. Salendo la scala interna e scrutando in alto, avevo scoperto mio padre che mi aspettava appoggiato alla ringhiera, e mi sorrideva, più affabile del solito, quasi fosse preso da cordiali nostalgie, come quando ero ragazzo, e lui mi salutava con un cenno, mi chiedeva:

«Come va, oggi, la rondinella? Vola al meglio o vola al peggio?»

Da allora, non ero più entrato nella torre. Mi sono

trovato in una stanza che era il regno della polvere. Essa aveva, sì, coperto ogni cosa, usando tuttavia una sorta di pudore nel depositarsi, e questa impressione veniva accentuata dal filo di luce che pioveva dalle persiane accostate. Ho aperto la finestra. Mi sono inoltrato nel poggiolo, in faccia al fiume, come usava fare lui, e la sua figura ferma e silenziosa, a spalle girate, le mani strette al balconcino, avevano l'effetto di un lungo discorso sulle ingiustizie e le umiliazioni subite.

La corrente d'aria ha fatto volare la polvere oltre di me, verso l'orizzonte dove stava calando il sole. Un armadio si è spalancato cigolando: si sono mosse al vento divise azzurre e tute da aviatore. Sciarpe da ufficiale, appese, hanno preso a sventolare, trasformandosi in un segnale di saluto. Le sciabole scintillavano, e luccicavano le visiere. Al centro dell'armadio, una divisa sembrava arrogante e cosciente dei suoi alti gradi, delle sue medaglie. Verso questa esplosione di trionfo militare, la polvere era l'emblema di un'indifferenza così cortese da risultare peggiore di un insulto.

Durante il nostro ultimo incontro, mio padre mi aveva introdotto nella camera da letto. Qui, le pareti erano nude. Sul letto, una coperta azzurra. Nella parete sovrastante, un ingrandimento fotografico dove la polvere impediva di distinguere la figura. Mio padre si era inginocchiato sul cuscino, si era raccolto con la testa piegata, lasciando intendere una rapida preghiera che forse era l'ammissione di un rimorso, poi aveva accostato la faccia al ritratto, e come se andasse depositando baci qua e là, aveva cominciato a soffiar via polvere. Si era delineato un volto di donna, bello, che guardava alla propria sinistra, mostrando un profilo perfetto.

Era mia madre. Fotografata nel piccolo campo d'aviazione, fissava, sul fondo, il primo aereo sul quale, inventandosi con le sue giravolte acrobatiche una dichiarazione d'amore, mio padre l'aveva conquistata. Senza girarsi, mio padre mi aveva detto:

«Ricordati: con grazia, ogni tanto, soffia via un po' di polvere anche da te, magari portando alla luce una creatura che merita, e che ti auguro di incontrare... L'avessi fatto da giovane, quando ero già coperto di polvere dalla testa ai piedi. La polvere della boria altrui, della volgarità altrui, la polvere che abita il cervello dei dittatori... È così brutta, credimi, la polvere.»

Ho ripetuto esattamente i suoi gesti. Mi sono inginocchiato sul cuscino, mi sono raccolto in una rapida preghiera per mio padre, poi ho accostato la faccia al ritratto e ho preso a soffiar via polvere. Finché non si è delineato il volto di mia madre.

Ho esclamato nel silenzio:

«Lisa, Lisetta non se n'è andata via per sempre. Dovunque tu sia, dovresti saperlo. Ha combinato soltanto una delle sue vaghèzie.»

Avrei voluto che fosse lì, vivo, a salutarmi. Con l'impagabile saluto del nostro ultimo incontro. Mentre scendevo le scale, avevo udito di nuovo la sua voce:

«Ehi!»

Avevo guardato in su: stava appoggiato alla ringhiera, scrutandomi con un'espressione da ragazzino, e mi strizzava maliziosamente un occhio. Nella sua mano destra che si sollevava, era comparsa una forma bianca, confezionata con un foglio di carta... Un aeroplanino di carta, di quelli che nascono dall'oziosa ironia degli scolari, di quelli che erano nati anche da me, bambino, in classe. Un po' per far dispetto alla sua fama di eroe.

Gli era bastata una calibrata spinta.

L'aeroplanino era volato dalla ringhiera, aveva volteggiato nell'aria, tenendo entrambi a seguirne le evoluzioni, perché sia la confezione che la spinta risultavano perfette; l'aeroplanino era rimasto sospeso fra me e mio padre, per poi scendere in picchiata e centrarmi in piena fronte.

«Il mistero...» aveva detto. Poi aveva scrollato le spalle con affettuosa, dolente ironia.

VIII

... C'erano i parmigiani che mi vogliono bene e mi stimano.

E a essi si univano i parmigiani che volevano bene e stimavano lei, pur non avendola conosciuta di persona, per quanto io ne avevo descritto la vita. Almeno di questo potevo vantarmi. Ero stato un buon testimone di emozioni e vaghèzie, un buon cronista della dignità umana.

Mi hanno attorniato i miei compagni del Liceo Romagnosi. Sopravvissuti agli anni in buon numero. Eravamo stati scaltri, complici tutt'altro che illusi. Forse era questa la ragione.

E mi venivano incontro, via via, le mie prime ragazze. Avevo sempre cercato di evitarle, per mantenerne intatto il ricordo.

E Cristina.

Anche con lei avevo evitato gli incontri. Sbagliando. La sua bellezza di allora mi è apparsa come una scrittura coinvolgente sulla quale il tempo era passato con un soffio che aveva semplicemente indebolito l'incisione dei caratteri. Mi ha fatto piacere il suo bacio. Anche la sua domanda:

«Riparti subito o ti fermi per un po'?»

Non sapevo quasi nulla delle esperienze di quegli amici, di quelle donne. Ma per quanto cercassi di astrarmi dall'ultimo rito che concludeva eventi già profondamente conclusi, mi sono reso conto, con sorpresa, che dal loro cordoglio affiorava una toccante sete di vitalità. Sarebbero stati pronti a ritrovarsi insieme a me per riprendere le abitudini, rivivere le piccole avventure di allora, lasciandosi alle spalle una vita vissuta, con la fantasia necessaria a trasformare in avventura il tratto che ne restava.

Bastava che restassi con loro. Riprendendo le fila.

E c'era il Mora, più che mai determinato anche nella sua vecchiezza che esprimeva baldanza e sfida. Non sfilava nel corteo. Scrutava da un portico, a tratti cedendo alla necessità di sostenersi sul suo bastone col pomo d'argento che portava anche da giovane, soltanto per darsi un tono.

E c'era Simone.

Cercava di confondersi fra gli ultimi, con la sua camminata storta, per far dispetto, anche in quella circostanza, a tutti quelli che camminano dritto. Gli ho fatto segno di avvicinarsi. Ma lui ha scosso la testa, è sparito.

Al cimitero della Villetta hanno calato la cassa in una cavità lunga e stretta del sottosuolo, che assomigliava a una foiba. Tante casse una sull'altra, e mia madre avrebbe dovuto essere adagiata sulla cassa di mio padre... Sistemazione assolutamente provvisoria, mi ha assicurato l'assessore:

«Provvederemo subito al meglio.»

L'aveva assicurato anche quando era stato sepolto mio padre. Ma mio padre era ancora lì, in quel buco fetido e buio, da dieci anni: provvisorio permanente.

Il canto sacro diffuso dall'altoparlante si è interrotto. La foiba era talmente stretta e colma che non si riusciva a collocare per dritto la cassa di mia madre. Resisteva storta su quella di mio padre, dando l'idea non già di adagiarsi accanto al suo compagno di vita per un riposo eterno in un immaginario giaciglio coniugale, ma di essere caduta per caso, e con disarmonia, sui resti di un estraneo.

Ci hanno provato tutti, anche l'impresario, costretti ad armeggiare dall'alto, con tante braccia ammassate dentro il buco.

Allora è apparso Simone.

È accaduto in fretta. Nello stupore generale.

Era Simone che si calava nel sottosuolo, e non si capiva come riuscisse a immergersi in uno spazio così esiguo. Gli è bastata una mossa, e la cassa ha girato per il verso giusto. Simone è riapparso col volto coperto di polvere. Per un attimo, è rimasto con la sola testa di fuori, girando uno sguardo attonito, e io ho capito che stava fermo, come intrappolato, cercando aiuto anche con gli occhi al sole, al cielo schietto, perché cercava di piangere, e non ci riusciva.

Si è passato la mano sulla faccia, non per ripulirla dalla polvere, ma con la speranza di trovarci qualche lacrima da cancellare.

È uscito dalla foiba agilmente, con un salto. Si è allontanato subito, fra le tombe, con la sua camminata che non era più storta, perché in mezzo ai morti quel problema non ce l'aveva: di camminare storto per non darla vinta a chi cammina dritto, illudendosi di far apparire dritte anche le regole e le strade della vita.

La piccola resurrezione

Canta l'allegria, mia madre, come se fosse stata sempre la sua unica compagna, e niente mai l'avesse turbata. La canta con un piglio da ragazza:

«Una música que se respira, – que tiene forma de curva – y que huele a mujer.»

È mia madre che canta *El Tango* di Valdés:

«Una musica che si respira, – che ha forma di fianchi – e profumo di donna.»

Ho aperto le finestre. Voglio che la voce allegra di mia madre non solo animi la casa in questa mattinata di tarda primavera, ma venga ascoltata intorno, nelle case di fronte, e giù, nella strada. Suonano alla porta. È Clelia che abita al piano di sotto. Ha la chiave, apre. Me la trovo di fronte trafelata, stupefatta. Si era affezionata a mia madre. Ha fatto da guida preziosa alle infermiere che l'hanno accudita negli ultimi mesi. Scruta il registratore da cui proviene *El Tango*. Fissa me senza capire:

«Ma è Lisa che canta!»

«Sì» le confermo. «È lei.»

«Non sapevo che avesse una voce così bella.»

Mi chiede a quando risalga l'incisione. Lo ignoro:

«Un giorno...» le rispondo vagamente. «Chissà quando. Chissà perché. Ma lo senti? Non è straordinario questo timbro d'allegria?»

Le indico un altro registratore fra i tanti di cui mia madre faceva collezione:

«Quello è anche più sorprendente. Nemmeno io sapevo che esistesse. Mio padre e Lisa che cantano insieme un altro tango, *El día que me quieras*... O meglio, è Lisa che canta una strofa, e mio padre, stonato, che non s'azzarda a cantare, legge semplicemente la strofa di rimando:

«*El día que me quieras.*»

«Questa è lei: Il giorno che mi vorrai.»

«*Las rosas que engalana.*»

«E questo è mio padre: Le rose che ti adornano.»

«*Se vestirá de fiesta.*»

«Si vestiranno di festa...»

«*Y un rayo misterioso.*»

«E un raggio misterioso...»

«*Hará nido en tu pelo.*»

«Si farà un nido nei tuoi capelli.»

«*Luciérnaga curiosa.*»

«Lucciola curiosa.»

Con una lucciola d'allegria che le si trasmette agli occhi, Clelia insinua:

«Non sembra...»

So cosa vorrebbe dire. Ma non s'azzarda. Allora dico io per lei:

«Che sia scomparsa da pochi giorni. No, non sembra affatto. Forse non lo è, scomparsa.»

I primi giorni li ho passati, pressoché immobile, nella poltrona che mia madre preferiva, la testa abbandonata dove la sua testa ha lasciato una piccola fossa, le braccia senza forza sui braccioli, le gambe molli, il cuore che martellava: solo il cuore sembrava volermi uscire dal petto, mentre il corpo si rifiutava di alzarsi, si opponeva a ogni movimento.

Pensavo a quando mi avevano sbendato, dopo la rischiosa operazione per ripristinarmi la tunica interna degli occhi, contando nel miracolo che l'impercettibile rete di cellule nervose aderisse. Mi era arrivata la voce di un medico, insinuante, paziente:

«Stia calmo. Non faccia sforzi. Si limiti a tenere gli occhi aperti... Mi dica cosa vede.» Poi la correzione insidiosa: «Riesce a vedere? Riesce a vedere?».

Ricordo di aver risposto:

«Vedo una lunga coda di alghe multicolori. Come strani aquiloni che salgono alla superficie formati da una miriade di pesci che hanno tutta la gamma dei colori ultramarini.»

La voce del medico si era zittita. Mentre percepivo altre voci, molto basse sul fondo della camera, che parlottavano ansiose. Il medico era tornato a interrogarmi:

«Visioni dolorose?»

«Al contrario. Nascono da una pace buia e profonda. Una grande pace.»

Erano ancora le mie visioni indotte sul punto di estinguersi?

«Ora chiuda gli occhi.»

Ho chiuso gli occhi. Non cambiava nulla.

«Vede il buio?»

«No.»

«Cosa vede?»

«Le visioni di prima. Ma più attenuate. Stanno fuggendo via.»

«Abbia pazienza. Torniamo a bendarla. Sopporti per qualche ora.»

Ho reagito, con rabbia:

«Ma io voglio sapere!»

Con lo stesso tono di irosa frustrazione mi è stato risposto:

«Anche noi, cosa crede... Anche noi vogliamo sapere.»

Tre ore eterne, prima di vederli tornare. Perché adesso vedevo. Mi ero sbendato da solo e vedevo il tondo luminoso, applicato al soffitto, a picco su di me. Riuscivo a distinguere persino un ragnetto che, da lassù, scendeva con un lungo filo verso la mia fronte. Li ho preceduti informandoli:

«C'è un ragnetto, là, tutto contento di stare appeso solo a se stesso. Esattamente come mi sento io.»

Hanno accolto la notizia come una battuta. Sono scoppiati a ridere molto soddisfatti.

IX

Tornato dall'ultimo saluto che gli altri avevano dato a mia madre, stavolta il buio l'avevo cercato io: spente le luci, chiuse le finestre. Il buio e il silenzio, intorno. Per me non esisteva nessuno a cui chiedere aiuto. Affrontavo il mio momento più difficile, senza più alibi, vie di fuga. Per me, non esisteva nessuno a cui chiedere aiuto.

Ero semplicemente un uomo, un figlio, che non poteva rimproverarsi nulla. Che aveva una sola certezza: la fine tangibile di un essere amato può trasformarsi, in chi gli ha portato amore, in una vita sensitiva così possente da equivalere a un'esistenza rinata, a una piccola resurrezione. Nel mare dei sensi che ci portiamo dalla nascita, ma che per noi resta ancora sconosciuto, esiste una profondità insondabile dove forze misteriose sono in grado di compiere questo miracolo.

Le avevo sollecitate, quelle forze, con le visioni indotte. Ed esse avevano risposto alla mia sollecitazione. La prova che in me erano presenti, attive. Ma non potevo sottrarmi al dubbio che gli altri avrebbero potuto rinfacciarmi...

Si era trattato di illusioni, artifici?

Lasciavo che si consumasse, in me, il down delle visioni. Come un banco compatto e accecante di nubi si sfilaccia, e falde impazzite corrono qua e là, e fuggono via, si disperdono nell'aria.

Aspettavo. Aspettavo di sapere.

Cercavo di allontanare la domanda. Ma più la allontanavo, più essa tornava, imperiosa. Mi chiedevo: quando anche l'ultimo lembo di visioni mi avrà abbandonato, la presenza di mia madre resterà insediata in me con questa forza e questa dolcezza? Con questa lucida coscienza, da parte mia, di possederla non come un bene perduto, da rimpiangere, ma come una mia parte organica?

Avrei ancora potuto contare, nel mio accelerato battito cardiaco, i battiti del cuore di mia madre? Avremmo continuato a essere la stessa persona, una madre e un figlio gemelli, un duetto per voce sola?

O al contrario tutto sarebbe svanito come un incantesimo, e io sarei rimasto a nervi scuoiati, e in quei nervi il dolore sarebbe finalmente affondato, per poi non darmi tregua?

Aspettavo il sopraggiungere del dolore.

I brandelli delle visioni erano ormai incoerenti e capricciosi. C'era mia madre inginocchiata sul pavimento, ai miei piedi. La rivedevo come il giorno in cui mio padre l'aveva rimproverata per una delle sue ossessioni senza capo né coda. L'unica volta in cui aveva reagito esplicitamente:

«Ma perché non ci parli, a tuo figlio? Perché ti chiudi a riccio e ti rifiuti di ascoltare quello che ha da dirti? Forse perché vorrebbe confidarti i suoi problemi, e tu hai paura di venirne turbata, di dover condividere le sue difficoltà?»

«Non è paura, Mario, è che non ho le forze... Sapere che soffre, mi costerebbe uno sconforto che non sono più in grado di reggere... Io non posso più dare comprensione, né a me né a nessuno.»

«Ma la vita è questa, Pina. Non è la tua, in cui ti sei rifugiata, vuota come un sepolcro, Pina!»

«Non sono capace d'altro... Non sono capace.» E poi smarrita, piagnucolando: «Perché mi chiami Pina?».

«Perché è il tuo nome» aveva insistito mio padre, mantenendosi nella sua durezza. «E un tempo ti lamentavi se ti chiamavo Lisa!»

«Mi chiami Pina quando non mi vuoi più bene...»

Ero intervenuto, avevo afferrato mio padre per il braccio, cercando di portarlo fuori dalla stanza:

«Avanti, smettila adesso. Lascia stare.»

Ma lui insisteva, impietoso:

«Sì. Pina! Pina!»

«Trattala con dolcezza... Trattala con dolcezza.»

«Perché, finora, la dolcezza è servita? E sono servite le pastiglie, le cure, gli elettroshock che le hanno squartato il cervello? Nessun risultato, niente di niente, contro i suoi diavoli da quattro soldi... Meglio allora sbatterli al muro i suoi fantasmi che la tormentano e poi sghignazzano di lei... Sbatterli al muro, una buona volta!»

«Non è colpa sua.»

Ora mio padre non si sfogava solo con mia madre, con me. Si sfogava in nome di se stesso, persino con volgarità, mentre non avevo mai udito dalle sue labbra una sola parola volgare:

«Ma con chi cazzo deve confidarsi, un figlio, se non con la propria madre? Non è colpa sua, dici... Ma era colpa mia, vero, tutti voi l'avete sempre ripetuto che era colpa mia, quando tu sei nato e io facevo l'idiota... Facevo l'idiota anch'io per paura dei miei fantasmi, ciascuno ha i suoi, e spesso non si tratta che di egoismo bello e buono. Ma io li ho combattuti, i miei diavoli. Io li ho vinti!»

«Lisa è malata» gli ho risposto. «È malata per colpa di tutti quelli che le hanno fatto del male. E anche tu, io, siamo stati complici di questo male, senza volerlo, da innocenti.»

«E a me? Non hanno fatto forse del male? Quelli in cui credevo ciecamente, quelli per cui ho rischiato la vita. E, alla fine, mi hanno sparato alla schiena!»

«Lisa ti ha amato e difeso. Nessuna donna ha mai amato un uomo così. Una donna che aveva tutti ai suoi piedi e ha scelto te. E quando io ero d'ingombro avrebbe potuto sbarazzarsene, ma non l'ha fatto... Si è ammalata soprattutto per averti amato e difeso, quando in tanti ti erano contro.»

Mio padre era uscito sbattendo la porta. Io mi ero avvicinato a mia madre, ma non appena avevo accennato a un gesto, per toccarla, consolarla, lei aveva avuto una reazione selvatica: era arretrata anche da me, si era come rimpicciolita alla base della parete, e quel farsi bambina forse era un riflesso di punizioni ingiuste ricevute da piccola. Ripeteva: "dio, dio, dio". L'avevo sollevata sulle braccia e portata a letto, distendendola con cura, e quel "dio, dio, dio" non era un'invocazione di fede, solo un guaìto impotente.

... Così una residua visione me l'aveva riportata davanti, di nuovo la bambina di se stessa, afflosciata sul pavimento, che mi supplicava con una voce lieve, appena udibile: "Fammi entrare in te, lasciami entrare in te per proteggermi, almeno ora, con un po' di pace... Ti chiedo aiuto e insieme ti chiedo perdono per quei giorni in cui non ho potuto aiutarti". E io le dicevo: "Vieni". Le confermavo: "Anche in quei giorni ti ho amato, madre mia, anche in quei giorni ti ho capito". E lei, senza esitare, mi obbediva felice. Come un cane cucciolo, o una gatta, che saltano in grembo al padrone.

Infine c'ero io che sollevavo il capo. E mia madre lo sollevava con me. Ci trovavamo entrambi a fissare il Cristo nella chiesetta Domine Quo Vadis. E mentre le labbra di mia madre si erano mosse in una preghiera sommessa, io quel giorno mi ero vergognato di aver affermato e scritto in più occasioni: «Quando moriamo, ricadendo come gocce di pioggia nell'oceano, torniamo nel grande, rilucente mare della vita inorganica, che chiamiamo Dio». Ora non mi vergognavo più di aver enunciato questa verità. Andava semplicemente integrata: «Ma di quel mare può esistere un piccolo lago, o ancor meno, una pozza limpida, nel cuore di un uomo».

Cancellate, per sempre, le visioni.

Ma non avvertivo disperazione.

Al contrario, mi rendevo conto che una pace mi rasserenava. Una pace conquistata. I primi sintomi dai quali ho dedotto, con mia sorpresa, che ero al riparo dal dolore, mi sono venuti dalla casa che mi circondava. La piccola fossa che la testa di mia madre aveva scavato nella spalliera della poltrona diffondeva l'aroma dell'olio di gelsomino. Mi penetrava, intenso.

Perché, fino a quel momento, non avevo avvertito traccia di quell'aroma che si passava sui capelli? E possibile che non avessi percepito un altro profumo di lei, che ora aleggiava nel salone, non il profumo che si dava truccandosi, ma l'altro, il profumo di una pelle sfiorata dall'aria, di un corpo in salute, che si concilia con un dominante odore di pulito?

E poi la canzonetta che scendeva dal piano di sopra, e si insinuava nel silenzio con lieta sicurezza, i rintocchi della pendola, le grida e i richiami dalla strada, un concorso di suoni che, animando gli ambienti, sembravano rimproverarmi di non averli uditi prima. E proprio sotto i miei occhi, la montatura degli occhiali di mia madre, posati sul tavolino a fianco della poltrona, mandava un brillìo d'oro, e benché avessi spento ogni luce per alzare una barriera ostile fra me e ogni cosa, ora distinguevo i contorni dei mobili, delle porte, delle finestre, le macchie di colore dei quadri, i riflessi degli oggetti metallici dove le sfumature solari penetravano attraverso le fessure. Come potevo essermi illuso di aver creato, intorno alla mia trepidazione, un banco compatto di tenebre?

Segnali di una vicinanza affettuosa. Incoraggianti, anche se ancora tenui. Ma che significato avevano quei segnali? La casa non mi procurava il senso di vuoto, di gelo, che io avevo temuto rientrando, e avevo cercato di non prestarle attenzione per non vederla come una di quelle dimore che, dopo la scomparsa di chi l'ha abitata e accudita, subito fanno stagnare nell'aria l'ottusa mestizia del loro essere orfane.

No, la casa non si sentiva affatto orfana. Nulla sembrava aver intaccato la sua attesa di accogliere il ritorno di mia madre. Aveva il piglio di una figura dipinta in un piccolo quadro sulla parete di destra: una ragazzetta ballerina di tangherìa, seduta da una parte, in una pausa, ma pronta, con gli occhi brillanti, a riprendere il ballo.

Un colpo di vento mi è parso magicamente calcolato. Una finestra si è aperta. Contro il cielo, mi sono apparse le calze di mia madre appese ad asciugare.

... Anche nella mia mente, i contorni hanno preso a illuminarsi. Mi sono alzato dalla poltrona con un'energia che credevo di aver smarrito. Sono andato alla finestra. Sul filo, a poca distanza dalle calze, stava appollaiato un uccello che pareva un corvo, ma un corvo non era. Non si è mosso nemmeno quando l'ho sfiorato con le dita. Non mostrava disagio, tantomeno paura. Si trattava di Dindòn, come lo chiamava mia madre, che gli dava il becchime ogni giorno, e in gergo significa scroccone. Mi faceva segno: «Guardalo là, Dindòn, ci ha il radar quello lì, sente la mia presenza dalla distanza di un miglio, e quando capisce che ci sono, potrebbe cascare il mondo ma lui ci mette un secondo a saltare sul filo».

Scuoteva la testa:

«In fondo, è uno dei pochi che mi vogliono bene.»

Dindòn aspettava il suo cibo. La vaschetta era vuota. Ho cercato il becchime, dopo diversi tentativi l'ho trovato. Sono stato maldestro nel sistemarlo nella vaschetta, e mi è sembrato che il becco di Dindòn si aprisse in un benevolo sogghigno. Tuttavia, ha preso immediatamente a nutrirsi. Ringraziava, scrollando le penne. Il fatto che non si fosse stupito legittimava l'idea che in me vedesse mia madre.

Ho staccato le calze dal filo. Erano calde di sole. Le ho ripiegate con cura, le ho deposte nel cassetto per la biancheria intima. Anche la biancheria intima profumava intensamente di lei. Del corpo vivo di mia madre.

... Ho alzato gli occhi dal cassetto e mi sono trovato di fronte un pannello dove stavano disposte le fotografie di tanti ragazzini, maschi e femmine, che il fotografo aveva fissato nei loro sorrisi un po' a disagio, malinconici. Erano belli, quasi tutti biondi, con un'aria estatica nei volti, gli occhi chiari. Eppure il loro sguardo faceva abbassare la testa a chi li scrutava. Non si può reggere, infatti, alla visione degli esseri umani che subito, fin dai primi momenti in cui cominciano a guardare intorno la vita per scoprirne la bellezza, portano impresso nello sguardo come un marchio: il presagio della brevità dei loro anni.

Erano i fratelli di mia madre, i figli dell'Amelia Bacchini, che di figli ne ha avuti dodici.

E quei figli morivano per lo più in tenera età, indeboliti dalla vita grama. Quando se ne andava un maschietto o una femminuccia, la sua fotografia spariva, restava un quadratino vuoto, un lembo di parete screpolata, destinato ad accogliere il volto di una creatura futura. Nonna Amelia, infatti, non si dava per vinta. Tornava dal funerale, si inginocchiava davanti al pannello e, con la forza medianica che le infuocava gli occhi, riusciva a ridare vita, nella sua mente prima che nel suo ventre, al quadratino rimasto lì, desolato.

Recitava una breve preghiera. Poi si rialzava determinata, esclamando:

«Un altro è scomparso. E io ne genererò un altro!»

... Una presenza magnetica, alle mie spalle, mi ha distolto dalla "parete dei ragazzini", come la chiamavamo. In un'altra fotografia, ingrandita, mia madre è balzata a illuminare, con la sua allegria, la parete di destra. Teneva per il braccio, con la fierezza del gendarme che ostenta la sua cattura, un personaggio che mi aveva sempre affascinato, che avevo spesso citato nei miei racconti. La sua piccola leggenda correva ancora dove il fiume non è soltanto piene e secche, ma anche fola briosa.

L'Angelo Colombi di Villa Saviola, detto il "Medico del sorriso", il comico che faceva ridere nelle piazze e nei teatri poveri. Mia madre gli era stata amica, lui la considerava la sua paziente migliore, tanto da riuscire a strapparle qualche risata anche nelle crisi della malattia. Chi aveva appeso, in quel punto della casa, la fotografia che, per anni, avevo cercato inutilmente, e che mia madre stessa riteneva introvabile? Era chiaro che qualcuno aveva provveduto di recente, e in fretta, senza badare alla simmetria: le immagini pendevano storte da un chiodo arrugginito, ma il loro squilibrio ne accresceva l'impatto visivo.

Ho pensato: messo lì per me, il Colombi, per rallegrarmi, o almeno attenuare il mio sconforto.

Il "Medico del sorriso" lo chiamavano coloro che venivano assaliti dall'infelicità, e lui spuntava per gli argini sulla carrozzella col tettuccio bianco. Entrava nelle case, chiuso nell'impermeabile, reggendo una piccola borsa di cuoio. Non sembrava un comico, ma appunto un dottore che venisse per una visita, con aria sbrigativa e professionale. Si chiudeva in una stanza con l'infelice. Di lì a poco, uscivano attraverso la porta risate squillanti.

Come il Colombi trasformasse la tristezza in tanta ilarità, restava un mistero, e mia madre non me l'ha mai risolto. Poi se ne andava con la stessa fretta impersonale con cui era arrivato. Sulle guance dell'infelice c'era ancora una traccia di lacrime, però di riso, e l'infelice stava a lungo con la mano in aria, per salutare la carrozzella che si faceva lontana col tettuccio bianco.

Ma ciò che più mi stupiva, nella fotografia, era che mia madre, sottobraccio al Colombi, rideva come non l'avevo mai vista ridere. Oltre che con allegria, con intenzione. Quasi volesse trasmettere un messaggio che andava oltre l'ilarità. Rideva, forse, anche a nome dei suoi fratelli ragazzini, che non avevano mai conosciuto una risata schietta e piena. Rideva alla faccia dei suoi anni amari. Un'altra ipotesi che in quel momento azzardavo, nasceva dalle sue vaghèzie profetiche che ben conoscevo: che stesse ridendo anche per chi, un giorno, l'avrebbe guardata con il mio stesso stato d'animo. Per convincermi che la conclusione a cui ero arrivato, dopo tante peripezie interiori, era giusta, era vera.

Come uno dei suoi modi di dire:

"La speranza è un rischio da correre, garibaldino."

La sua piccola resurrezione in me era dunque avvenuta al punto che potevo interpretarla attraverso le estrosità del suo linguaggio, e nel suo linguaggio leggere il compito che mi aspettava. Alla nostra vita a due che stava per iniziare, dovevo impedire le ombre che mia madre aveva conosciuto nella sua esperienza solitaria. Ma soprattutto dovevo difenderlo, quel nostro duetto per voce sola. Difenderlo con le unghie.

Non più dubbi, né artifici.

Gli artifici, se tali potevano considerarsi, erano serviti semmai da angeli complici, che avevano sorretto l'ascesa con le loro ali variopinte.

... Mi sono aggirato nel salone, cosciente del paradosso: non c'era anima viva e, al tempo stesso, mille anime vive riprendevano a muoversi intorno come sussurri, per sollecitarmi. La sola presenza concreta era Dindòn che, consumato il suo pasto, si stava appisolando. Assaporavo uno di quei rari, preziosi momenti che solo la poesia è in grado di esprimere. Infatti, i versi delle tante poesie che avevo dedicato a mia madre tornavano con le loro date, le loro occasioni, affinché potessi servirmene. Glieli avevo dedicati in tempi lontani, ma ora si giustificavano, e mi giustificavano, alla perfezione.

«Tu itaca perenne di tutte le mie vite – che aspirano a un solo ritorno.»

«... Resta – del mio incesto con la tua morte la mia vita.»

«Che grandezza in dignità, pensaci, abbiamo fatto – di quella goccia di seme – lascito di un fallo immemore – persa in te che allora eri – come la stanzetta che chiamavano della neve, – una goccia di quelle – destinate magari a perdersi in chissà chi: – in una bionda di passaggio, persino – in una ragazza a ore...»

E quanti altri versi...

Lasciavo che mi inseguissero mentre mi sedevo alla tavola apparecchiata. Chi avrebbe potuto crederci? Nessuno potrebbe crederci, mi ripetevo: che una madre, proprio nei suoi ultimi giorni, ben cosciente che sarebbero stati gli ultimi, dicesse a Clelia e alle altre: «Preparategli la tavola e la cena, mi raccomando, nel caso dovesse arrivare».

Ho mangiato un pezzo di formaggio, l'unico resto che si salvava della cena messa in frigo. Il nocino stava fra le bottiglie pregiate, custodite nel mobile antico. Mi sono versato la stessa quantità di liquore che mi versava lei, non troppo, non troppo poco, sussurrandomi che era un nocino speciale, nessun nocino riuscito come quello.

Ho alzato il bicchiere e, nella solitudine della camera da pranzo, ho fatto un brindisi a me stesso. Ma in questo me stesso c'era soprattutto lei, lei che brindava con me.

Ho rivoltato la casa da cima a fondo.

Non io personalmente, ovvio. Ho convocato Clelia e, sulle prime, non sapevo come dirglielo: la casa la volevo piena della propria vita in parte occultata dagli anni e negli ultimi tempi, è comprensibile, lasciata andare. La volevo sgombrata dallo stantìo e dall'inutile, ripristinata al meglio nella sua fisionomia come appunto si provvede ai bei tratti di un volto sfiorito durante una lunga prostrazione. Volevo accentuare l'immagine di sé che mi aveva trasmesso nelle mie ultime penombre malinconiche: di una ragazzetta di tangherìa, pronta a riprendere il suo ballo.

Pur dichiarandosi disponibile all'incombenza, Clelia, dapprima, ha mostrato imbarazzo, tanto più quando ho aggiunto che poteva disporre di tutti gli aiuti necessari. Si portasse uno stuolo di ragazze pronte a darle una mano.

«Qua dentro voglio allegria, luce, aria, colori!»

«Perché, vuol forse affittarla o venderla?» ha obiettato perplessa.

«La casa non è mia, Clelia. È dell'INPS, che spero non me la tolga. Non potrei dunque affittarla, tantomeno venderla.»

È rimasta disponibile e perplessa. Anche le ragazze che, in breve, mi ha presentato, benché tentate dall'occasione di guadagnarci qualcosa, lasciavano intendere un disagio legittimo: il ritegno a sgombrare il campo da una sacralità che il luogo comune associa sempre alla morte di una persona. Dovevo giustificarmi, in qualche modo. Ma come? Mi è venuto da dire:

«Voglio che questa casa scoppi di salute per gratificare una nuova presenza.»

Negli occhi che mi circondavano, un subitaneo passaggio dalla perplessità al biasimo. Stavano congetturando, ci avrei scommesso, che colto da un accesso di follia intendevo portarci un'altra donna, in quella casa. Allora mi sono avvicinato alla finestra, e rivolgendomi a Dindòn che si saziava beato, ritenendolo l'unico in grado di capirmi, con poche, grezze parole ho spiegato la verità, la verità immensa che legava ora me e mia madre. "Adesso, sì, mi daranno del pazzo" mi sono detto. Senonché, per quanto poche e grezze, le parole erano animate da una magica certezza e, girandomi a scrutare le donne, mi sono reso conto che avevano capito.

Così è cominciata. A suo modo, anche quella si animava come una recita briosa a dispetto della morte, e io ne ero il direttore d'orchestra. Abbiamo riportato alla luce, da sotto il letto di mia madre, lunghi fusti a cui l'umidità aveva dato una patina a chiazze mimetiche:

«Ma cosa contengono» aveva chiesto Clelia avvistandoli. «Armi da guerra?»

Ne conoscevo il contenuto:

«No, Clelia, sono manifesti... Poster da tangherìa, antichi, preziosi.»

Le più celebri coppie di ballerini dipinti o fotografati nei passi fondamentali. "El compadrito y el tango." Professionisti del tango ballato in strada: visione del 1909. Coppie del "Tango Andaluz". Danzatrici, bene in carne, di "Candombé". Tipi del "Caminito" nel quartiere della Boca. Tangherìa parigina degli inizi del secolo. Il grande Bardel e il suo "Tango-Canción". Struggente il "Tango Bar di Buenos Aires". Gli eroi della "Milonga de mis amores". Non mancava nemmeno l'accompagnamento: ecco Astor Piazzolla e la sua orchestra...

«Li voglio tutt'intorno al letto di mia madre.»

Clelia e le ragazze sono riuscite ad appendere i manifesti dandogli un ritmo progressivo: guardandoli dalla parte del letto in cui dormiva mia madre, ossia da destra a sinistra, verso la fonte di luce della finestra, si aveva l'idea vertiginosa di un ballo che trascinava oltre la finestra stessa, a perdersi nel cielo.

Dalla cantina sono arrivate tre biciclette: due da donna e una da corsa. La bicicletta sulla quale mia madre pedalava nelle nostre esplorazioni per le periferie padane, e l'altra, più piccola, con cui io la seguivo, avendo un tuffo al cuore ogni volta che lei affidava la gonna al vento.

Anche la bici da corsa è stata una sorpresa. Credevo fosse andata persa o che l'avessero rubata. Invece nessun pezzo mancava, nemmeno una corona del cambio Campagnolo che costringeva i corridori a maledire in salita, perché bisognava aprire e chiudere le levette con destrezza, apri e chiudi, ma poi la fatica ottenebrava la destrezza, e la ruota posteriore spesso te la vedevi volar giù per i tornanti che avevi appena scalato sputandoci l'anima...

Era incrostata di nero.

«Ma il suo colore naturale è il giallo oro» ho spiegato alle ragazze, «come la maglia gialla con cui Bartali aveva vinto il Tour del '48, togliendo l'Italia dalle peste di una possibile guerra civile dopo l'attentato a Togliatti. Ed era Bartali a fabbricare queste biciclette, e io per due anni ho corso per lui, per la Bartali Dilettanti. Ero bravo, discreto in salita, spregiudicato in discesa, andavo bene soprattutto quando il tempo si accaniva più degli avversari, pioggia, neve, vento...»

Fissavo i manifesti della tangherìa, la bici, non con uno stato d'animo nostalgico o euforico, ma con una puerile meraviglia, dicendomi: "I nostri giochi, madre mia, le nostre comuni passioni portate alla luce".

«Pensa, Clelia, due anni in cui ho legittimato fondate speranze di un vittorioso futuro.» E alle ragazze: «Riportatemi la bicicletta come nuova, per favore».

Ho chiesto anche che appendessero, per incoronare la bicicletta, la gigantografia di zio Toni, il "Maestro Volante", il primo a concedere interviste dopogara con un linguaggio ora stralunato, ora ricercato. Fu campione del mondo, batté Fausto Coppi nella "notte di Amsterdam", rimasta mitica negli annali ciclistici. Era capace di raccontare ai microfoni, nell'inferno delle Fiandre: "La folla urlava Bartali, Coppi, Magni, ma io avevo l'animo acceso nei muscoli, e il pavé era lastricato di diavoli giusti per me, così ho distribuito a tutti paghe sesquipedali, come dice il Brera...".

E Gianni Brera annotava, per il suo bel libro *Arcimatto*.

Toni, la causa della mia breve fortuna sui pedali, prima di un incidente che mi tolse di mezzo, e di altre avventure anch'esse arcimatte.

«... Pensa, cara madre, mi è capitato di ritrovarmi fra le mani persino il piccolo motoscafo con il congegno che mi meravigliava da bambino e consentiva al motoscafo di arrivare all'orlo del tavolo e di non precipitare: non appena avvertiva il vuoto, l'imbarcazione faceva una rapida marcia indietro, tornava a sfrecciare sulla solida superficie.

È il primo giocattolo che mi hai regalato. Lo sai? Funziona ancora alla perfezione. Gli ho dato carica girando la chiavetta senza troppe speranze, invece il motoscafo è partito subito, con la sua scritta in rosso "Schuco, made in Germany". Sono stato lì, incredulo, a fissare il pilota con il casco e gli occhialoni che scorrazzava in lungo e in largo, astuto e attento alla giravolta da compiere un millimetro prima di precipitare sul pavimento. Avevo gli stessi occhi di quando l'ho avuto fra le mani la prima volta, pieno di fantasie; ma chi avrebbe supposto, allora, che le fantasie ultime sarebbero state ben più ardue e folli di quelle nascenti, che mi portavano a immaginare mari felicemente solcati alla ricerca di tesori e isole di sogno?

Anche un vecchio giocattolo, come vedi, può avvertirci con le sue acrobazie: dobbiamo costruirci un uguale congegno che eviti il precipizio, un congegno non made in Germany, ma in me, in te...»

La città mi telefona. Con le sue voci legate alla mia gioventù, maschili, femminili. Quelle che io chiamo "le voci cammeo". Il primo a chiamarmi non poteva essere che Tillo, il mio compagno di banco al Liceo Romagnosi, Tillo di Casalmaggiore:

«Mi dispiace, per tua madre. Le volevo bene... Quante volte t'ho accompagnato a cercarla, nella nebbia e nel freddo, quando scappava da casa. Non è per rattristarti, è che certe cose vanno dette, perché ti stanno nel cuore... Ho pensato spesso a tua madre, sempre chiedendomi come sia possibile che una donna che sapeva essere così spiritosa, e aveva una marcia in più nel giudicare la vita, una voglia, poi, una voglia... Scusami, ma mi viene da piangere... Una voglia di sorridere e ridere che nemmeno una bambina... Debba patire tanto.»

«Si rallegrava alle storie che le raccontavi, Tillo. Esclamava: "Còl birbànt ad Casalmagiòr". Avanti, racconta una delle tue storie che la rallegrerebbero se potesse ascoltarti, se fosse viva, in questo momento.»

Un silenzio turbato.

«È viva, Tillo. Non sono pazzo: può ascoltarti.»

Tillo ci ha pensato su:

«Sinceramente non me ne vengono. Sarà per il mio cervello, secco come una noce. Sarà per questa città, questo paese, questo mondo. Tutto, ormai, è parodia volgare. E la parodia, quando è volgare, ti toglie la voglia di essere spiritoso. Bisognerebbe tornare quei due ragazzetti scemi che chiedevano in giro "Come chiava un coccodrillo?", scemi, ma nessuno sapeva risponderci, nemmeno la professoressa di scienze, che ci ha sospeso per vendicarsi di non saperlo, non per la mancanza di rispetto.»

«Era la tua arte, la parodia...»

«Quando è un gioco leggero e divertente. Non quando diventa un mezzo abietto. In politica, negli affari malaffari. Allora ti metti una maschera contraffatta, e subito sei te stesso e, insieme, un altro diverso da te, che puoi sfruttare per le peggiori intenzioni, e puoi dare la colpa a lui, impunemente, e tu lavartene le mani... Il Presidente del Consiglio e il suo "alter frego", per dirla col sommo Marchesi, umorista che un tempo piaceva anche a te, l'industriale del latte e insieme il mungitore impietoso di povere vacche che sono poi i piccoli risparmiatori, vedi Parmalat... Così l'Italia è diventata una Repubblica fondata sulla parodia.»

Era commosso davvero, Tillo, quando ha affermato:

«La morte di tua madre, di gente così che aveva le palle, scusami l'espressione, e non si tirava mai indietro, pagava di tasca propria e a faccia franca, segna la fine di un talento che, da italiani, ci salvava. Il talento dell'ironia, della giocosità nello stare insieme anche se la vita ti faceva il cuore di pece... È questo che voglio dirti: la morte di tua madre è una brutta botta non solo per te, ma per tanta gente che si sentiva meno sola quando l'incrociava per strada. Capisci? È importante.»

«Sì, lo è.»

«Non conti solo tu nel bilancio di questa fine. Dovrebbe renderti orgoglioso.»

«È un aspetto su cui non ho ancora avuto modo di riflettere. E ti ringrazio.»

Tuttavia, insistevo:

«Racconta una vaghèzia, di quelle che mia madre amava. Se fai sorridere me, fai sorridere anche lei.»

«Una parola... Mare piatto anche a Parma, dove in fondo di giusto c'è rimasta solo la Barilla. Di chi potrei raccontarti? Dell'Alfio Benecchi che andava a genio anche a tua madre? Te lo ricordi il Benecchi, no? Era in classe con noi. Tu lo chiamavi il rivoluzionario con la retromarcia incorporata. E in effetti. Da belluino che era, pronto a mettere una bomba in piazza del Duomo, è diventato, via via, un agnello che ringhia.

Però non male la sua ultima trovata... Si è messo coi Verdi e ha avuto parecchi voti alle Provinciali. Insomma, qualche storione l'Alfio se lo pesca ancora, perché il Po lo conosce come nessuno, ma sono tutti sbiaditi contenitori di scorie tossiche. E un giorno ne ha catturato uno sui tre quintali che, benché vecchio e saggio, invece di starsene in Adriatico a raccontar fole ai suoi, aveva seguito l'uzzolo della primavera e risalito il Po, attratto da tutti quei bei colori... Infatti, gli scarichi industriali creano sott'acqua l'arcobaleno... Quando l'Alfio l'ha tirato su, lo storione era più bianco del marmo, perfetto sarcofago funerario dello storione, e lui s'è caricato quella montagna sul tetto del camioncino, andandosene anche a Reggio, Modena, fino a Bologna...

Gente sconvolta per l'alieno che mandava lampi dagli occhi di pietra e già impestava l'aria col suo disfacimento... E l'Alfio, dall'altoparlante: "Farete tutti la stessa fine, guardatela bene la vostra fine", spiegando che era colpa dei capintesta del mondo se si spandeva il fetore di tutti i veleni con cui l'uomo fabbrica la sua nuova civiltà.»

«I soliti tre giorni di fermo per l'Alfio.»

«No, stavolta. Perché non c'è nessuna legge che vieti di portare a passeggio uno storione appena pescato. È arrivata l'autogru, ma Alfio è stato ben lieto di continuare la traversata senza neanche prendersi la briga di guidare. Piovevano fotografi da tutte le parti... Insomma, forse una mezza sciocchezza. Chissà se tua madre ne avrebbe sorriso, e se avrebbe dato il voto all'Alfio.

Che altro? Per scendere di qualche gradino, e puntare sulla novelletta spiritosa, paradossale ma vera, ci sarebbe la fine del Deodati. Ci abbiamo ricamato sopra, al Deodati, da ragazzi...»

Un altro strambo della nostra terra. Io e Tillo lo chiamavamo il "Cornuto per volontà di Dio", e a mia madre si alleggerivano le labbra quando le raccontavamo le storie inventate su di lui. Ho assecondato Tillo nella patetica rievocazione. "Cornuto per volontà di Dio" perché la moglie Rosa lo rendeva cornuto con una tale costanza e determinazione che solo il volere divino, ineluttabile nell'architettare trame, doveva condurle la mano. Il Deodati ne era a conoscenza. Sapeva esattamente tutto di ogni nuovo amante con cui Rosa lo tradiva. E prima che la notizia diventasse "E che commenti per la città" (il Deodati amava *Un ballo in maschera*) si affrettava a prendere in contropiede i maldicenti, per impedire il mormorio umiliante alle sue spalle.

Andava a sedersi, in bella mostra, al bar Centrale di Casalmaggiore.

Si sistemava nella poltroncina più esposta, ed era di un'eleganza impeccabile: cappello di feltro, gran sciarpa bianca, guanti che si toglieva con lentezza, senza dimenticare, ogni volta, di far scattare due dita contro di sé: due dita a corna sulle quali sembrava meditare come sul teschio di Amleto. All'occhiello, in evidenza, una ninfea nana dal bottone giallo vivo, che da noi è il fiore dei cornuti. La gente che sapeva, passava via o si sedeva ai tavolini intorno, rispondendo con un cenno del capo all'inchino, ironico e amaro, con cui il Deodati servilmente salutava. Tutto finiva lì. Le lingue forcute si zittivano: che gusto c'è a infierire su una vittima che, per prima, si qualifica e si umilia?

Un maestro della sua arte, il Deodati. Un maestro che aveva avuto proseliti, che aveva potuto contare su una corte di personaggi, anche autorevoli, che si erano immedesimati in lui, e se avesse fondato un partito di categoria – dicevano – sarebbe andato al governo con più legittimità di tanti altri, con più spirito corporativo.

Considerazioni ironiche di Tillo:

«Ma ormai il Deodati non ha più diritto di sedersi al bar Centrale. Gli anni passano anche per i cornuti, come sono passati per sua moglie Rosa, che da quando è inguardabile gli sta appiccicata come una sanguisuga, fedele, fedelissima... Ma lui ci spera ancora in un bel paio di corna estreme, che gli consentirebbero un ritorno di fiamma, alla grande, perché sarebbe il massimo dell'arte essere reso cornuto da una vecchia inguardabile. La incoraggia: "Forza, non darti per vinta. Sei comunque una femmina, e non si può mai dire in questo mondo affollato di maniaci e degenerati".

Il Deodati resta un simbolo e un precursore di questa disperazione comica, in cui stiamo precipitando un po' tutti.»

Rideva, Tillo. Con una risata prima pirlocca, poi estranea al futile contesto, amara, personale. Anche a me è sfuggita una risata da pirlocco, da ragazzino che si rifugia, per delusione, in una spudorata scioccheria. Una risata che si avvicina al cirlìnn caro a mia madre, quel ridere che prende per niente, e lei lo chiamava "a scatole cinesi" o "delle ciliegie", dal momento che una risatina senza senso tira l'altra, anche più insensata.

Ho ringraziato l'amico: per avermi riportato, comunque, aria e gaiezza dei nativi paraggi:

«E per avermi fatto riprovare uno squillo di cirlìnn.»

Avevo avvertito, in quello squillo, la prima partecipazione di mia madre, dentro di me, alle cose della vita in cui ci si arrabatta, e che ogni giorno la vita fa, disfa, svela, a volte persino con ingenuità.

Ha chiuso il telefono, Tillo. Ha richiamato subito. Esitava:

«C'era dell'altro che volevo dirti...»

«Lo so. Ti conosco. E forse mi hai telefonato proprio per quello che non mi hai detto. Be', sono qui, e ti ascolto.»

«Adesso non so più se devo dirtelo. Non vorrei combinare guai.»

«Di che si tratta?»

«Di te e di un'altra persona... E riguarda tua madre, la sua maniera di essere stata grande, anche a tua insaputa... Un piccolo segreto che non conosci. A proposito, quando parti?»

«Non ci ho ancora pensato.»

«Bene. Allora ti chiamerò prima della tua partenza. Contaci.»

Tillo è fatto così. Come può sapere quando partirò, se anch'io lo ignoro?

Mi porta luce anche leggere certe pagine del Diario di mia madre. Sono argute, o fanciulle, o di una saggezza che arriva così felicemente al dunque. Ne sottolineo frasi, passi:

«La felicità è fatta dai drammi evitati. Perciò io l'ho conosciuta poco. Ma le volte che l'ho conosciuta, lei si è sentita in dovere di ripagarmi.»

«Dicono: avrai un solo Dio. Per fortuna, e sia detto con rispetto. Altrimenti, a quanti uffici reclami dovrei bussare una volta arrivata lassù, per togliermi i miei sassolini dalla scarpa? Da bambina, mi divertiva fantasticare di tirare la barba a Dio. A sorpresa, come fanno i bambini, poi nascondevo la mano. E Dio mi chiedeva: perché mi hai tirato la barba? Allora non sapevo cosa rispondergli, non lo sapevo con fierezza, perché se l'infanzia può permettersi di non ribattere a Dio dev'essere proprio un'età dell'oro. Adesso saprei dargli la risposta giusta. Ma poi lo perdonerei, perché a Lui tocca faticare, faticare, fino all'eternità. Mi chiedo chi glielo faccia fare di faticare tanto.»

«Bisognerebbe ridere di tutto, subito, alla svelta, così si eviterebbe di essere poi costretti a piangerne.»

«Gli uomini si lamentano perché la vita è breve. Ma allora perché, mi chiedo, si dannano per renderla tale?»

«Non c'è proverbio più sbagliato: "Ciascuno è artefice del proprio destino". Mi chiedo: se avessi avuto la possibilità di essere artefice del mio destino, cosa mai avrei combinato?»

Ascolto la voce di mia madre, incisa nei registratori che le ho regalato.

La ascolto parlare e, spesso, ci dialogo. Approfitto di quelle sue pause morbide, assaporate, per insinuarmi e dire la mia. Così ci parliamo a lungo, in pace.

Ieri, sono saltato sulla poltrona. Il discorso che lei mi stava facendo, si è interrotto... Ho pensato che fosse una pausa per poi riprenderlo. Invece la sua voce ha cambiato tono, è passata ad altro. Il registratore stava sul tavolino davanti a me, ma la presenza di mia madre me la sono sentita d'improvviso alle spalle, come se lei si stesse piegando su di me per sussurrarmi all'orecchio:

"Se decidi di andare a portare il mio saluto ai miei compagni superstiti, ricordati di Simone."

La raccomandazione su cui aveva insistito a Parigi. Sorprendente: lei l'ha lasciata incisa col suo intuito profetico, calcolando che si sarebbe verificata esattamente la circostanza che ho descritto.

Per compagni superstiti mia madre intende quei pochi, uomini e donne, che hanno continuato a rifugiarsi nell'Ospedale Psichiatrico, anche dopo che è stato abbandonato. Compagni che hanno diviso con lei i tempi della "detenzione".

E poi Simone. Già, Simone.

X

La sabbia sconfinata sembra la crosta della luna. Il cielo acquista trasparenza dal fiume che qui, a poca distanza, ha la vastità del mare. Barche sbattute dal vento "murlù", il vento pazzo, che ha una sua logica diversa. Penetro, sempre più, in una stravaganza geologica a cui si uniforma la stravaganza mentale di abitatori che i secoli hanno addestrato a vivere, da camaleonti, dentro le sabbie a perdita d'occhio.

Già questo potrebbe definirsi un ospedale psichiatrico della natura.

Il mio pensiero coincide con la pura suggestione dello spazio. È qui che, da ragazzo, ho avuto la prima percezione di Dio.

Una torre segna il confine con la terra magica degli Strioni, che insegnavano le molteplici arti del mistero. Qui arrivava il Fiammingo, lo Strione Re. Conficcava nella sabbia il suo stendardo, deponeva ai suoi piedi le mappe delle Sacre Scritture che mostravano i labirinti del Paradiso e dell'Inferno e come uno doveva orientarsi per non smarrire la strada. Aveva gli occhi chiari, senza tempo. La sua espressione mutava come cambia, secondo le sue leggi, il mare delle sabbie, e ora vi si leggeva una carità protettiva, ora un folle furore, ora una solitudine desolata che si diffondeva dalla fronte larga, scendeva al volto che era di una bellezza segreta, e lasciava intendere infinite storie vissute. Annunciava:

«Io sono qui per confessarvi nelle vostre follie. Non perché siano colpe. Al contrario. Amatele, le vostre follie, e non vergognatevi di loro. Esse sono la prova che possedete un'anima, e un'anima grande, altrimenti non ne avrebbero avuto paura, non avrebbero potuto ferirvela a morte.»

Parlava contro gli "arpioni dell'umanità", i tiranni che, nei loro vigneti e frutteti, mettevano la museruola alle braccianti, affinché durante la raccolta non un grappolo o un pomo potessero passare nella loro bocca fra le cinghie di cuoio. Parlava ai sabbiaroli che morivano accartocciati come feti nella sabbia che, a lavorarla giorno dopo giorno, gli bruciava i polmoni, ne riduceva come fa il fuoco le proporzioni dei corpi, e alla fine delle loro vite non restavano che le scarpe sfondate e bianche di sabbia deposte sulla cassa durante i funerali... Parlava alle cavallare e alle lavoranti dei Macelli di Scolo Brenta, che deliravano credendo di essere incinte dei tori che, a forza di sventrarli, finivano per adorare come idoli.

Per questo, e di più ancora – spiegava il Fiammingo – in quella terra-acqua esistono più manicomi che in qualsiasi altra regione del mondo.

Balugina ai miei occhi la "Guardadüra", i miraggi favoleggiati in tanto deserto che, attraversando poi il deserto africano, ho scoperto non meno terribile e al tempo stesso non meno pieno di grazia per le sue fate morgane. Il mio miraggio l'avvisto laggiù, dove le sabbie hanno ancora il blu notte del principio del giorno e s'impennano come centinaia di delfini.

I binari della ferrovia sono invisibili dietro le dune. Quando appare con i vagoni neri e senza portelli, i vecchi fanali ancora accesi lungo le fiancate, il treno merci sembra dunque volare a mezz'aria, proiettando bagliori fiochi. Salto dentro un vagone, che sfila via...

Oltre l'ultimo argine, il miraggio si precisa nella facciata che mi appare fra il rosso fogliame. È la reggia che incantò Stendhal, e dove Barbara Sanseverino, ancora bellissima, fu messa a morte dai Farnese.

Là c'è l'Ospedale Psichiatrico di C.

Ormai quasi abbandonato.

La visione dell'Ospedale, col suo vasto cortile, le lunghe file di finestre, molte ancora con le sbarre, era in parte nascosta da una costruzione in via di allestimento. Mentre mi avvicinavo, ho capito meglio. Una scenografia teatrale si innalzava contro la sua facciata, appena oltre il confine dei campi. Il palcoscenico già accoglieva gli attori che stavano facendo le prove.

La rappresentazione sarebbe avvenuta di notte, e il gioco delle prospettive avrebbe esaltato la luna, che qui chiamano "pendula alma" quando rischiara i deserti dei greti, che biancheggiano come composti da ossa umane o dalle bianche ampolle, contenenti il senno perduto, in cui si imbatte Astolfo, nell'*Orlando furioso,* dopo essere approdato sulla luna con l'Ippogrifo.

Ormai si servono degli ospedali psichiatrici abbandonati per spettacoli teatrali: testi celebri sulla follia. Gli spettatori accorrono, attratti, più che dalla suggestione della scena, dal brivido che si propongono di provare nei vecchi manicomi, sui quali, per secoli, sono circolate false leggende di fenomeni orrifici. Una violazione sacrilega, potremmo dire, se non trionfassero, piuttosto, il cinismo e la volgarità, prive di scandalo, dei nostri tempi.

Di fronte all'Ospedale Psichiatrico di C. stavano per mettere in scena l'*Enrico IV* di Pirandello.

I degenti volontari, i "superstiti", uscivano a tratti dalla cancellata, gettavano occhiate, ascoltavano gli attori che recitavano a voce troppo alta, enfatici, gesticolanti, mimando un concetto di follia che è solo la proiezione goffa dell'insensibilità e dell'ignoranza.

Perciò i "superstiti" scuotevano la testa, e continuavano a scuoterla rientrando come sotto il peso di un mondo che dovevano considerare folle, sì, ma di una follia che non capivano, una follia da robot che non conosce il fragile e implacabile dolore dell'anima.

La follia statica dell'arroganza.

«... Così, cara madre, ho individuato subito Simone.

Stava seduto davanti alle sbarre della cancellata centrale, sull'erba grigia di polvere, grigia come la casacca in cui era infagottato, e perciò si confondeva col campo. Fissava i gesti esasperati del regista, ascoltava le voci stridule degli attori.

Muoveva le mani dall'alto al basso, in modo automatico, stancamente, come chi cerca di placare senza speranze una folla esagitata, a significare: più piano, più piano, cosa sono tutti questi strepiti? Mi sono fermato a contemplarlo. Era uno spettacolo nello spettacolo quel contrasto fra il ragazzo accovacciato sull'erba e i fuochi d'artificio sul palco.

Poi si è verificata una di quelle piccole scene "in minore", ma col potere del maggior effetto, come dicevi tu, che ti avrebbe intenerita e, al tempo stesso, inorgoglita, per il tocco di poesia che l'animava.

Mi è bastata per capire tante cose di Simone.

L'ho visto ripetere un gesto che, in sé, già conoscevo, con cui i malati mi coglievano a volte di sorpresa, quando venivo a farti visita. Qualcuno mi afferrava il braccio, costringendomi a girarmi, a fissarlo: "Mi riconosci?... Mi riconosci?". Poi il malato, che fingevo di riconoscere, faceva furtivamente come ha fatto Simone... L'ho visto che si alzava da terra, si dirigeva verso il regista e, sorprendendolo, gli chiedeva di dargli la mano aperta, mentre lui faceva apparire, fra due dita, un ragnetto catturato con abilità.

Simone ha deposto il ragnetto sul palmo del regista, facendogli capire che un ragno invisibile tesseva la sua tela di sottile tortura dentro il cervello suo e dei suoi compagni. Gli offriva la propria follia, quella vera, o meglio la ragione sfasata che viene vista come tale da chi non sa: quel granello nero che agitava le minuscole zampe, fatto di operosità silenziosa ma devastante. Poi si è girato ed è rientrato nell'Ospedale, ostentando la sua camminata più che mai disarmonica.

Il regista è rimasto lì, interdetto, senza la prontezza di liberarsi del ragnetto. Anche gli attori, ammutoliti.

...

Simone ha insistito per farmi da guida all'interno dell'Ospedale. Mi dà del tu, e non sembra intimidito come la prima volta che mi ha visto:

"Tutto è cambiato qui, da quando Lisa non è più venuta." Ha detto "Lisa", semplicemente, ha omesso "la signora". "L'Ospedale, ormai, è come la testa di noi che ci viviamo. Senza più una ragione, solo abbandono."

Alterna giudizi brillanti a paradossi, grovigli di parole.

Nel cortile, deserte le panchine dove sedevano le malate, a gruppi, e ogni gruppo poteva godere del suo alberello secco, anche se non dava alcuna ombra. Alla vista dei visitatori, prima di fuggire nei corridoi, le "matte" si sollevavano la veste, mostrando la nudità dei sessi. I "matti" facevano uscire il membro dai calzoni, con docilità e malinconia sorridente. Simone me lo racconta divertito alla sua maniera, ossia con una risata piena e poi, a tratti, dimenticandosi che sta ridendo. Mi spiega che era un modo di affermare, agli occhi dell'estraneo, la propria identità, femminile, maschile, un residuo candore dell'infanzia, quando il bambino acquista coscienza di sé manifestando giocosamente i segreti del corpo.

Abbiamo percorso i lunghi corridoi. File di poltroncine allineate, vuote...

Ricordi? Cercavi di non farti trovare in mezzo alle altre che stavano a comunicarsi, qui, i brandelli dei loro sogni, i pensieri che – dicevano – camminavano all'indietro come i gamberi. Ho seguito Simone passando in rassegna le grate delle porte, alle quali apparivano, un tempo, volti pallidi, col respiro gutturale che graffiava le gole; dalle quali potevano uscire braccia, mani che cercavano di afferrare, di stringere. Ora dalle grate escono piccole nubi di sole polveroso. E il grande Cristo, sul fondo, sembra piegare la testa sotto il peso di tanto silenzio.

Nelle camere e nelle celle, soltanto le reti dei letti. Su qualche davanzale, file di limoni rinsecchiti, che stanno là chissà da quanto. Li portavano i parenti dei malati ai malati senza parenti, e questi li allineavano come simboli della loro condanna.

Simone apriva le porte e io temevo di veder apparire un fantasma seduto a fissarmi sul bordo della rete, con occhi vuoti, da un mondo immemore. Il ragazzo mi ha spiegato le ragioni dei "superstiti": alcuni hanno deciso di invecchiare qui insieme ai loro deliri, ai quali si sentono morbosamente legati come a figli malnati. Altri arrivano in brevi ritorni, se ne vanno.

...

Più procedevo, più avvertivo una sensazione molesta. La rivisitazione avrebbe dovuto sollecitarmi reazioni di vario genere. Perché non mi sollecitava che uno straniamento, un'attesa irrisolta? La causa? La presenza, invadente, di Simone. Mi muovevo per avere percezioni non degli ambienti mutati, ma di lui, del ragazzo... Eri tu, dentro di me, che ti stavi preoccupando della sua sorte, dando il resto per scontato.

Mi ripetevo la tua raccomandazione:

"Ricordati di Simone."

Ma con quale fine? Con quali facoltà taumaturgiche? Far nascere in lui il sesto senso che, a tuo dire, non aveva mai posseduto? Era questo il problema? Senonché la tua diagnosi mi appariva, piuttosto, uno schema affettivo: che Simone fosse il tuo opposto, l'altra faccia della tua luna.

Lo pensavi con un cervello forte, mentre il suo sentire poteva raffigurarsi come uno degli alberi secchi che scorgevo nel cortile dell'Ospedale. Non avrebbe mai potuto dire "Ti sento" a una donna, o allietarsi all'aria nuova della primavera, al profumo di una fioritura.

Mi precedeva, mi seguiva, a tratti barcollando, addossandosi a me. E io avvertivo, dal suo corpo, l'odore aspro della tensione proprio della bestiola all'erta, pronta a fuggire come ad aggredire con violenza. Me ne convincevo a ogni passo. Simone restava l'animale selvatico che mi aveva stupito la prima volta, quando era venuto a prendersi il tuo regalo del piccolo telescopio, e ora mi si chiariva anche lo sguardo d'amore con cui l'avevi accolto: avevi imparato ad amarlo come una grande quercia dà un nutrimento compassionevole a una pianta parassita d'altra specie, fino a equivocarla come una propria creatura.

Per casi simili, che affondano negli istinti lacerati dal male subìto, le soluzioni sono difficili.

D'improvviso, mi ha abbagliato un piccolo lago di luce solare e di ordine, fra le pareti bianche. Simone mi aveva introdotto nella camera che di solito occupavi tu. Se la vedessi... Simone la tiene come un sacrario. Scrupolosamente pulita, fredda tuttavia, senza il calore del coinvolgimento, quasi ti considerasse il suo dio remoto. Saltava agli occhi il tuo cappello conservato su un ripiano di legno, appena sotto il davanzale della finestra.

Come lo ricordo, quel cappello. Quando tu partivi per le tue degenze all'Ospedale. Mi assicuravi, ogni volta:

"Devo andare. Ma ritornerò presto. E riprenderemo a scrivere i pensieri, ciascuno nel proprio diario."

Invece saresti ritornata dopo mesi.

Tutta la casa era in subbuglio in quelle albe livide. Gente andava e veniva, le porte sbattevano. Davanti al grande specchio, tu sedevi in un silenzio stranito, e nello specchio non fissavi te stessa, fissavi alle tue spalle la mia figura, e tutte le cose che stavi per lasciare, dove prendeva forma la vita familiare che ti era impedita, e che temevi di non vedere mai più.

Una delle tue sorelle sopraggiungeva per metterti in testa il cappello con cui ti eri sposata, affinché ti fosse di buonaugurio, dal momento che lo consideravi un talismano. Un bel cappello, con le falde larghe di una volta, una rosa di panno. Te lo piegavi sull'orecchio destro. Lo rimettevi diritto. Di nuovo lo piegavi, ma a sinistra. Gesti di superstizione. Cercavi la posa propiziatoria per quando saresti apparsa a medici e infermieri. Poi te lo abbassavi di colpo sugli occhi, per non vedere più nulla. La tua testa china veniva inquadrata dalla crepa deformante a lato dello specchio, e io la immaginavo simile alle tue crepe mentali.

Ora, ti dicevo, Simone conserva il tuo cappello come una reliquia, sul ripiano di legno. Reliquia bizzarra, tuttavia. Il ripiano mobile è appeso a due cordicelle che scorrono ai lati quando il cappello non è collocato esattamente al centro: basta un piccolo spostamento, e le cordicelle lo assecondano, scorrendo ora a destra, ora a sinistra, e di conseguenza il cappello prende a scivolare di qua, di là. Sembra, ogni volta, che debba cadere a terra, invece riesce a farcela e non cade mai. La perfetta calibratura delle cordicelle dev'essere costata a Simone tempo e pazienza, e di fronte a simili bizzarrie ti chiedi cosa una mente possa avere congetturato.

"Un cappello che balla!" ha esclamato candidamente Simone, anticipando la mia domanda col suo intuito da piccolo istrione. "E io sto a fissarlo, e mi immagino che Lisa sia sotto il suo cappello e balli il tango. Ballare le piaceva più di ogni altra cosa, fin da ragazzina, me lo ha confessato lei."

Non gli ho detto che quel movimento oscillatorio mi richiamava i tuoi gesti scaramantici quando cercavi la posa giusta per la miglior fortuna. Poteva saperlo, Simone? Comunque sorrideva, per la prima volta lo vedevo sorridere, orgoglioso del suo marchingegno, e le guance gli sono diventate rosa.

Anche spostando lo sguardo sulla parete opposta si resta sconcertati. Il ragazzo dorme e passa il suo tempo nella camera che era assegnata a te. C'è un giaciglio, a terra, e un tavolino sul quale stanno il computer (gliel'hai regalato tu, vero?) e pile di libri. La parete è completamente tappezzata di immagini e titoli ritagliati con cura dai giornali. In un ritaglio, la foto di Simone sormontata dal titolo: "Disabile salva una ragazza dal branco". Lui ha reagito subito:

"Il mondo è ignorante. Io non sono un disabile. Io sono questo... questo... e questo!"

Con gesti frenetici ha indicato altri titoli appiccicati l'uno sull'altro: "Processi cognitivi nel cervello di chi non conosce il rimpianto", "Adolescenza difficile: l'ipertrofia di alcune zone del cervello spinge a rischi e a trasgressioni". Una foto di Einstein, quella celebre in cui mostra la lingua, e il titolo: "Essere un genio: l'enigma di un'anomalia". Con mia sorpresa, ho individuato un'immagine di LeRoi Jones: "Lo scrittore che incendia l'America dichiara: 'Usa e Israele sapevano dell'attacco dell'11 settembre'". Molte immagini di donne nude, senza volto. E c'è ancora Simone fotografato in piena rissa con ragazzi che poi si capisce essere attori: "Contestato l'*Elogio della follia* messo in scena in un manicomio 'ex' in attesa di riconvertirsi a nuova identità".

E ancora: "La mente? Si cura con la musica pop", "L'odio, arma per il futuro", "Scoperto il gemello del Sole", "Divoriamo la galassia più vicina", "Gli uomini e la memoria del buio".

Credo che il problema di Simone sia lo stesso di gran parte dei giovani: il sentire è come una galassia che esplode in mille direzioni diverse, senza un centro, il fatto è che in lui l'esplosione ha dimensioni più vaste, e ogni parte è una scheggia impazzita.

...

Per ricevere da me il tuo saluto, i "superstiti" si sarebbero riuniti nel punto più suggestivo dell'Ospedale, dove si ha prova che la genialità semplice dell'istinto può raggiungere una sua grandezza. Sono entrato nel camerone delle mense, degli "intrattenimenti". Volevo provare l'emozione di contemplarlo, un'ultima volta, in solitudine. I muri sono attraversati da dipinti. Soli, soprattutto soli. Grandi, piccoli, di ogni colore. Soli al principio del giorno, al tramonto. Anche soli neri. I muri come i fondali di un mare in cui i malati hanno proiettato la loro vocazione al sole che non punta in alto, a dominare i cieli, ma sorge e muore negli abissi.

... Era scesa la notte. I "superstiti" suonavano i loro strumenti davanti ai finestroni dove la luna rischiarava gli alberi spogli, come illuminava, a lampi, i soli affondati nel buio. Suonavano accompagnando in un piccolo corteo immobile qualcosa – di prezioso, di aereo – che riuscivano a raffigurarsi con le teste all'insù, gli occhi fissi ai rami, ai rondoni che svolazzavano via.

Eri tu, quel qualcosa di prezioso. Il ricordo della tua vita, dove riconoscendo te riconoscevano se stessi. Così ricambiavano il tuo saluto.

Gli spartiti sul leggìo non facevano testo. I veri spartiti stavano nell'immaginazione di ciascuno. Afferravano al volo le note l'uno dall'altro, e si univano in questo gioco di fanciulli che li esaltava. Cantavano te nella loro insensatezza che, via via, acquistava un senso inimitabile. Io pensavo al "Larà" di Rigoletto: un nulla di musica che tutto racchiude, dall'amore alla disperazione al ghigno, per il buffone più ineffabile, cristiano, pazzo, fra quanti, feriti a morte dalla volgarità dei tiranni di ogni specie, alle offese non possono opporre che la musica della grazia.

Poi il grido di Teo, il più anziano, la guida:

"Guardate!"

Ha sollevato il braccio verso l'alto. Tutti hanno guardato in su.

"È l'alma grimétta di Lisa che sta scendendo su di noi."

L'anima allegra che si fa strada anche se debole e leggera. "Grimétta" perché simile alla piuma che scende dal cielo dopo che gli uccelli si sono azzuffati e, fuggendo, della loro lotta non hanno lasciato che quel segno, immacolato e solitario, che ondeggia nel sole.

Prima di lasciarmi andare, mi hanno chiesto dove ho intenzione di concludere il mio viaggio, ora che Lisa ha trovato rifugio in me. Mi hanno spiegato il loro concetto. Il "dove" è irrilevante. Anzi, il viaggio ha un senso se, a chi lo compie, non importa il "dove". Non consiste nell'arrivare, ma nell'essere parte, noi stessi, di una distanza con cui riusciamo a vedere le cose con prospettica esattezza; esserne un punto intermedio e cosciente, come un pesce nell'oceano. Se il mondo ha una corazza piena di aculei sulla coscienza, non vale la pena di rendergli omaggio esplorandolo da ossequiosi pellegrini, come se contenesse davvero meraviglie.

Meglio quei quattro passi verso gli alberi spogli, incisi nei finestroni dell'Ospedale, che nel loro umile nulla hanno consolato tanta gente.»

XI

Mi ha portato a cena in un ristorante sperduto, Il Pioppeto. Mi è parso di smarrirmi in un mondo sconosciuto. Poi, via via, ho ravvisato i luoghi. Tillo ha indicato un argine:

«Lo riconosci?»

«Qualche bella fatalità c'è stata nella mia vita di scrittore.»

Ha replicato, in tono allusivo:

«Anche nella tua vita di uomo...»

«Che vuoi dire?»

«Ne parliamo a cena. Comunque, ce la raccontavi bene la storia di quell'argine.»

Mi sono ricordato di come la decantavo:

«Dylan Thomas, un pomeriggio d'estate, alla fine degli anni Quaranta, ospite della villa del musicologo Gino Magnani, che accoglieva scrittori celebri di ogni parte del mondo. Dylan Thomas, in uno svolazzante abito di lino, che mi veniva incontro, e controvento si teneva con una mano il cappello di paglia. Un grande poeta inglese di cui non sapevi nulla...»

«Ho continuato a non volerne sapere nulla, di poeti. Tu, allora, avevi i sette spiriti, e te ne sei volato via subito verso le tue terre misteriose. Io no. Io, subito, sono finito in banca, e la mia mente è diventata cerea, piena di tossico, come gli storioni di Alfio.»

«Anche Thomas Stearns Eliot ha lavorato in banca, Tillo. Ma è diventato un grande, non uno storione.»

L'amico ha frenato di colpo. Mi ha fissato con rancore:

«Ancora me lo ripeti!... Infatti è stata colpa tua, e ti ho maledetto per anni. Te lo ricordi, sì? "Vai a lavorare in banca, Tillo, vai, anche Eliot, il grande Eliot, lavorava in banca, il che non gli ha impedito di scrivere *La terra desolata.*" E io a darti retta... Quanto ho maledetto anche Eliot, mentre la conoscevo di persona, la terra desolata, ti assicuro che non c'è terra più desolata di quella bancaria.»

«Eravamo due matti, Tillo. Per questo potevamo darci la mano da grandi amici.»

«Parla per te. Il matto eri tu, e mi contagiavi.»

Lui ha ripreso a correre nel buio. Io a rievocare:

«Dylan Thomas, pensa. Che incrocia un ragazzino sperduto, alla ricerca della propria madre, e lo ferma, intuisce la sua disperazione, gli solleva il mento e gli fa capire: "Perché non sorridi, ragazzino? Hai gli occhi da poeta, su, avanti, sorridimi".»

«Sai perché credo a questa storia? Perché hai sempre avuto uno strano potere di conquistare ciò che sembrava impossibile, e magari di perdere ciò che invece sembrava facile... In certi momenti mi sconcertavi, in altri mi facevi sognare: che anch'io, a mio modo, sarei riuscito a conquistare il mondo.»

«Nessuno ha conquistato il mondo, Tillo.»

Si mangiava bene, al Pioppeto. Non pensavo a nulla e mi sentivo in pace. L'amico ha intuito il momento favorevole. Ero senza difese, e ne ha approfittato, quasi aggredendomi:

«Visto che la memoria ti funziona, che mi dici di

Cristina? Ti ricordi bene anche di lei? Ne sai qualcosa della vita di Cristina?»

Una trappola. Ho accusato il colpo. Ho risposto a caso:

«Ne so ciò che ne sanno tutti. Ammirata, corteggiata, Montecarlo, Parigi, feste americane, piccole parti in film di prestigio, una volta ho letto che persino l'Agha Khan ha perso la testa per lei... Mi capitava di vederla fotografata sui giornali. Com'era giusto, d'altra parte. Giusto per la sua bellezza.»

Lo spirito caustico dell'amico già cedeva all'enfasi:

«Parma non ha mai avuto un fiore così. E ti dirò che la trovo anche più interessante oggi. Un miracolo come la natura... Insomma, l'hai vista, no? E ho visto come ti ha baciato.»

Mi è passata la voglia di mangiare:

«Sei sempre stato cotto di lei...» gli ho detto.

«È vero. Come tutti del nostro giro. Avrei dato chissà cosa per starci insieme una notte. Il fatto è che era innamorata pazza di te. E lo è rimasta... Come hai potuto lasciarla da un giorno all'altro? Proprio matto scatenato. Perché l'amore di una donna simile è un privilegio che vale una vita.»

Ci si metteva anche la notte a infervorare Tillo, e a rendere traversa la mia nostalgia, come gli acquazzoni che vengono giù d'improvviso, appunto d'estate. Nei tramagli che i pescatori avevano appeso ad asciugare, da albero ad albero, i pesci rimasti impigliati e i residui delle piante acquatiche mandavano iridescenze nel buio. Una notte da miraggi.

Ho capito che la mia reazione a Tillo dovevo recitarla, servendomi in parte della sua enfasi, in parte dell'affettuosa ironia. Sono sempre stato bravo a ribattere ai colpi a sorpresa, con godibili, sottili torture:

«La mia prima fidanzata, un anno e mezzo insieme. Senza staccarci mai. Giornate intere a fare l'amore.» Tillo mi ascoltava estatico. «E notti come questa, lei inebriata dai profumi d'estate, che la rendevano incantevole... Era di Cristina che volevi parlarmi al telefono, vero? Ma perché tutto quell'imbarazzo, quel senso di sotterfugio?»

«Rispondimi: vero o no che Cristina è un sogno che ti è rimasto dentro? Come potrebbe essere altrimenti, se è rimasto dentro anche a me, a noi che non l'abbiamo mai toccata con un dito?»

«Se anche fosse, che importanza può avere, ormai? Basta, Tillo, con questa sceneggiata da rotocalco rosa. Mi stai stancando.»

Ma Tillo è un cane da punta, quando ci si mette:

«Perché non l'hai cercata più dopo essere volato via anche da lei?»

«C'era una nuvola di predatori privilegiati che le giravano intorno. Industriali, tipi giovani belli e adorati dalle donne, figli di padri ricchi a palate e pronti a offrirle la luna... E io che ero? Un ragazzo d'Oltretorrente, un quartiere maledetto, che doveva fare acrobazie per pagarsi un viaggio da niente con lei, e per lo più pagava Cristina, che mi diceva: "Non pensarci, che vuoi che sia. L'importante è...".»

Tillo ripeteva «Eh, eh», bevendosi le mie parole, come un bambino impaziente di sapere il seguito della fola. Mi faceva tenerezza. Gliel'ho detto:

«Lo vedi come i sogni, l'amore, possono rendere idioti?»

«A parte che i sogni erano i miei, mentre l'amore te lo godevi tu, accetto l'idiota, però continua.»

Sono tornato a infierire:

«"L'importante" diceva "è che sono felice con te, e tu mi fai sentire donna, con te a letto ci sto da dio, e ci sto bene a parlare." Le solite cose delle donne incottate, Tillo... Che altro vuoi sapere, i dettagli di come scopava?»

«No, di come la pensava, oltre che di te, degli altri.»
«Tu non eri compreso...»
«Lo so. Pazienza. Continua...»
Davvero come si racconta ai bambini:
«Diceva, diceva... "Gli altri mi soffocano coi loro complessi, si sentono grandi uomini solo per il fatto di piacere alle donne, non hanno altri ideali, altra patria, solo la figa..." Be', non diceva proprio così, diceva "la Lei"... "E più la Lei è regina, più si sentono re. Maschi poi, resta da vedere. Non sanno nemmeno dove sta di casa l'eros che tu hai nel sangue, e ce l'hai proprio perché stai vivendo una gioventù da cani, e la sola arma per difenderti è la testa, l'intelligenza anche dei sensi, che diventa bravura nel fare l'amore."»
Troppo facile far cascare Tillo, non c'è soddisfazione. Infatti approva:
«Lo vedi come ti capiva? Io, una donna così l'avrei adorata... Profilo modellato da Donatello e corpo da dio.»
«So che ci hai tentato, una volta. Bell'amico, volevi mettermi le corna e adesso mi fai la predica.»
«Ma quali corna! Una volta mi è bastata. Lei è scoppiata a ridere e ha esclamato: "Ma va là, pinguino...". Quel pinguino mi ha trivellato per anni. Perché, mi chiedevo, proprio pinguino? Che ho del pinguino?»
«Comunque, se vogliamo parlare seriamente, pensavo: è un'infatuazione, la sua, una cotta di quelle dure, che passano. E per questa infatuazione dovrei, proprio io, essere d'ostacolo al suo futuro, che sarà il migliore del mondo, come si meritano la sua bellezza, la sua classe?»
L'amico ha cambiato tono:
«Allora lascia che un pinguino ti dica qual è stato il suo luminoso futuro. Si è lasciata sposare per delusione, da un cretino che le ha rovinato la vita, con la

testa piena di merda e le tasche svuotate dai soldi, perché s'è mangiato i miliardi del padre ed è fallito... E adesso, anche peggio. Da quando si è divorziata, vive, se si possono chiamare vita tutti i santi giorni della sopportazione, proprio con uno di quei maschi che, anche se invecchiati, si credono conquistatori irresistibili, e superiori agli altri se possono ostentare una donna che è stata, e rimane, un simbolo della femminilità superiore... "Ma perché ci stai?" le chiedo ogni volta... "Almeno una persona che si prende cura di me" mi risponde. E un giorno, ti confesso, mi sono vendicato: "Quale cura, quale persona, Cristina, non lo vedi? Non emana passione, ma Polo artico, come un pinguino. È geloso come un pinguino, perché, io lo so, i pinguini sono dei gelosi incalliti e feroci. E a quanto si dice, fa anche l'amore come un pinguino".»

«Finito?»

«Finito.» Tillo scrollava la testa. «Però Cristina vuole vederti. E non osa chiamarti di persona visti i precedenti... E vuole vederti per due ragioni. Primo: perché, ripeto, è rimasta innamorata di te, e se si è buttata via è anche colpa tua. Secondo: per raccontarti di tua madre...»

«Che c'entra mia madre?»

«La tua intelligenza, non credere, è a lei che la devi. Tua madre ha adorato Cristina. Uno dei suoi sogni – e non averlo capito non ti fa onore – era vederti insieme a lei. Perché lo sentiva a pelle che Cristina sarebbe stata la tua donna giusta...»

Ora toccava a me giocare la carta dell'amarezza:

«L'ho capito, Tillo. Ma forse sarai tu a non capire se ti confesso: non mi è stato possibile parlare di Cristina con mia madre, per tanto tempo non mi è stato possibile parlare di niente con mia madre.»

Tillo mi ha sorpreso ancora una volta:

«Lo so. E siccome ti pensavo spesso, saperlo mi faceva male.»

Lo fissavo. Senza trovare parole.

«Non guardarmi con quella faccia. Questo significa voler bene a un amico. E c'è dell'altro. Loro due hanno continuato a vedersi, a tua insaputa. Anche quando stava male, e non parlava con te, tua madre andava a parlare con Cristina, e la confortava nei suoi drammi, ne aveva cura... Andava a parlarle come se Cristina fosse stata la tua compagna di vita, non la moglie di un uomo sbagliato. Assurdo, vero?... Mentre aveva paura di occuparsi del tuo matrimonio sbagliato, per non soffrire di ciò che ti faceva soffrire, sapendo che non avrebbe potuto farci niente.»

Gli si sono inumiditi gli occhi. Scoprivo, in Tillo, una piccola grandezza che non avevo supposto. L'avevo snobbato con affetto. Ma ora mi dicevo che forse era meglio di me, certamente più generoso di me. Non avevo mai passato una carezza sulla guancia di un uomo, una carezza come l'ho passata sulla guancia del mio amico.

... L'ho raccontato a Cristina, quando ci siamo incontrati, ieri, nella solitudine della notte.

Ci venivo con mia madre, qui, e il Battistero illuminato dalla luna ci appariva un grande piroscafo bianco che stava prendendo il largo da una banchina, di fronte a un mare sconosciuto. Lei scrutava il Battistero fino a immaginarsi insieme a me sulla banchina, in attesa di prendere il largo dai nostri affanni, e non pensarci più.

Cristina mi ha chiesto:

«Ti ricordi quando abbiamo fatto l'amore, l'ultima volta?»

«Mia madre era lontana da mesi. La casa era deserta. L'abbiamo fatto nel letto di mia madre.»

«Non so come, l'aveva saputo. E mi ripeteva: "Si fa bene l'amore, in quel letto". Era contenta. Lo sentiva che, prima o poi, ci saremmo tornati, per soddisfare anche il suo ultimo desiderio.»

Sono qui e l'aspetto.

Fisso il letto. Fra poco gli ridaremo vita. C'è stata una notte che ho spiato mia madre insieme a mio padre. Lei stava allungata sul fianco, e sulla sua schiena nuda scivolava il sudore, nel riflesso della lampada. Puntata sul gomito, copriva col suo corpo il corpo di mio padre, e solo una nuvoletta di fumo mi faceva capire che lui stava fumandosi una sigaretta nella beatitudine di maschio soddisfatto, mentre la mano di lei lo accarezzava.

Poi mio padre è tornato a prenderla sotto di sé.

L'occhio, l'occhio di mia madre, simile al mio, con lo stesso colore, sbarrato nell'orgasmo, che spuntava dalla spalla di mio padre, che si fissava nel mio, visibile nello spiraglio della porta.

Penso: il suo occhio, mentre mi martellava il cuore, come quando con mio padre, nella stanza della neve... Prima che fosse pronunciata quella frase: "Potevi starci più attento, Mario. Ormai, ciò che è fatto è fatto".

È lei.

«Entra» le dico. «Cristina.»

«Ci penso, cara madre, ci penso spesso...

E lui, Simone, continua a provocarmi coi suoi comportamenti, a sorprendermi.

"Ricordati di Simone" ripetevi.

E ora capisco le tue ragioni.»

Dovrò partire da Parma, non so ancora quando, ma sarà presto.

Simone l'ha intuito. Perciò ricorre a stratagemmi. Ieri, ho lasciato che mi pedinasse. Stavo attraversando la città di mattina presto, le strade silenziose, pressoché deserte. Ho udito i suoi passi, d'improvviso, alle mie spalle. Non avrei potuto confonderli con altri. Quei passi risuonavano ora aritmici, ora regolari, incerti se concedermi – a seconda di come il ragazzo valuta l'umanità – la confidenza e la fiducia della camminata naturale, oppure la diffidenza del suo procedere sghembo.

Era lui, ne ero certo. Le mie scarpe mandavano, invece, il suono sommesso della mia solitudine. Mi fermavo, fingevo di guardare le vetrine, proseguivo, ignorandolo. Eppure camminavamo come ascoltando, nei nostri passi, le parole non dette, che avremmo dovuto dirci. E come se lo stessi portando per mano, facendo crescere il suo desiderio di essere portato.

Me lo sono trascinato verso piazza del Duomo. Sono entrato nella cattedrale. Ho finto di proseguire verso l'altare, ho deviato bruscamente fra le colonne. Non visto, ho seguito le sue mosse.

Simone si guardava intorno, smarrito, chiedendosi dove fossi scomparso. M'incuriosiva constatare se il luogo sacro l'avrebbe in qualche modo turbato. È stato a lungo fermo, dondolando la testa, poi l'ha attirato un lampo di luce, alla sua destra. Lentamente si è avvicinato alla *Deposizione* dell'Antelami. Un raggio di sole filtrava da una finestrella e accarezzava il volto del Cristo scolpito in una delle massime raffigurazioni del suo dolore umano.

Simone abbracciava ansiosamente con lo sguardo l'umanità ai piedi della croce, ammassata, buia, nell'invocazione e nella pietà. Su quel groviglio di forme oscure, il raggio di sole si è diffuso con il fuggire delle nuvole, facendo risplendere il bassorilievo negli occhi del ragazzo, fino all'esultanza della luce.

E adesso ero io che gli andavo dietro.

Guidavo mantenendomi a distanza, lui pedalava con vigore sulla sua bicicletta. Dove stava andando con tanta fretta?

Con mia sorpresa, si è diretto verso il luogo di quelle che erano state, un tempo, le vaghèzie mie e di mia madre. Ai pioppeti di Bocca di Ganda, dove mia madre mi insegnava le prime cerimonie dei sensi. Non è cambiato nulla da allora. Ci sono ancora ragazze che sgusciano dai cespugli staccandosi con lieta indolenza dal compagno, i loro piedi nudi hanno il passo dell'amore appena fatto; coprendosi con la sola camicetta, si dirigono ai ruscelli sui quali divaricano le gambe e si abbassano per lavarsi.

Altre fanno il bagno nel fiume.

Simone non si è sorpreso quando mi sono seduto accanto a lui:

«Ti piace guardare le ragazze?»

«Di giorno mi piace più guardare i pioppi, e le ninfee, laggiù, e mi piacerebbe fare il bagno nel fiume, ma non so nuotare.»

Le ragazze risalivano dall'acqua, passavano via dicendo "Ciao, Simone", qualcuna gli arruffava i capelli, mentre lui stava a testa bassa, chiuso in se stesso, scorbutico.

«Stasera ci vediamo allo Sfizio» dicevano.

«Cos'è lo Sfizio?» gli ho chiesto.

Ha alzato le spalle:

«Niente. Un locale.» Ha aggiunto con una risata storta: «Di puttane e di puttanieri».

«E tu che ci fai, in un locale così?»

«Suono.»

Si è bloccato di nuovo nel suo mutismo. L'ho visto tremare, come per un freddo improvviso. Tremava, chiedeva scusa per quei brividi che lo scuotevano, e ripeteva a bassa voce: «Adesso passa, passa». È tornato a scrutare il pioppeto fitto, sembrava fuori di sé:

«Di notte, qui, accadono cose terribili...»

Ho cercato di calmarlo, parlandogli con dolcezza:

«Quali cose, Simone?... Perché non ti confidi con me?»

Non mi ascoltava, forse non udiva nemmeno le mie parole. Contemplava le immagini minacciose che dovevano affollargli gli occhi:

«Quelle ragazze, di giorno, sembrano buone e gentili. Ma di notte sono malvage. Creature dell'inferno.»

Simone ha letto alcuni miei libri. Mi conferma che ne parlava con mia madre, stava a discuterne con lei, specie dei passi che più lo colpivano:

«Quelle pagine sul pittore Ligabue... Continuo a rileggerle. È vero che Ligabue era come me?»

Stavamo seduti vicini, fra i pioppi.

«Ligabue...» ripeteva, con quel tono che da docile, intimidito, sale di forza.

Gli ho risposto che, sì, il Liga l'ho conosciuto bene. Che, di lui, ho descritto solo ciò che ho visto coi miei occhi. Mi ascoltava con un'aria estatica:

«Ti invidio, ti invidio... Raccontami, qualunque cosa... È il mio dio.»

«Il Liga spuntava sull'argine, voleva bene al ragazzetto che ero, dava gas alla moto rossa, la faceva impennare come un cavallo, mi diceva: "Dài, monta, garibaldino, che ti porto dalla Lisa". A volte mi portava a scuola, tutto contento di irrompere, con la moto, nel cortile dell'austero Liceo Romagnosi. Io correvo dentro, lui restava a far strepitare il motore, gridava: "Lo studio scolastico di questa Repubblica basata sulle feci non si addice ai poeti!". Accorrevano i bidelli, cercavano di zittirlo. E lui: "Repubblica demoburocratica governata da bidelli".»

«Era molto amico di Lisa?»

«Sì. Avevano vaghèzie in comune. Lei lo trattava con rispetto e gentilezza, stava a commentare i suoi quadri, e lui le era grato. È stato il Liga che ha insegnato a mia madre a usare i pennelli.»

«Mi piace che tu non abbia mai scritto: "Era matto".»

«Non lo era, infatti. Caso mai, stralunato. Aveva assorbito la pazzia del Po, che è un'altra cosa. Il Po ora è sereno, e sembra felice di sé, di avere la vastità di un mare, e cambia colore – guardalo – dall'azzurro al blu, al rosso... Poi di colpo s'incapriccia, diventa nero, furioso, come un cavaliere dell'Apocalisse.»

«Allora ho anch'io questa pazzia? Che non è colpa del mio cervello ma dell'aria che respiro?»

«Penso di sì, Simone.»

«Allora è un male di tutti.»

«Più o meno. È il destino di essere uomini, donne di Po.»

«Dòne gabjàne, mi piace come le descrivi.»

Fissava i gabbiani sopra le nostre teste. Mi citava a memoria:

«Le dòne gabjàne, le prostitute di fiume, non sono

malvage, e come i gabbiani frugano per nutrirsi nella sporcizia, nei rifiuti delle barche, ma poi sono capaci di volare nei cieli puliti.»

Non avevo mai visto Simone tanto sereno. Quando è così sembra facile provocare con le parole la sua intelligenza indubbiamente fuori dal comune. Comunque avevo capito che i suoi apprezzamenti sulla mia scrittura erano sollecitati anche dalla domanda che, lottando con se stesso, fin dall'inizio cercava di pormi. Infatti mi ha chiesto se è vero che conservo la fotografia di uno dei sessi femminili, sessi di dòne gabjàne, che il Liga andava intagliando nel tronco dei pioppi.

Conosce a memoria le pagine in cui ne parlo.

... Il Liga riproduceva l'apparato genitale nei minimi dettagli. Nel suo tuffarsi fra le cosce appena delineate faceva lievitare "quel respiro che si dipinge" come usava dire. Le grandi labbra pendevano, ai lati della fessura, simili a code di rondine, color polpa rosa del legno. Non andava oltre, il Liga, ma tutto era predisposto per ciò che, in seguito, sarebbe accaduto.

Il tempo e le stagioni avrebbero completato la sua opera d'artista. Ai temporali e alle grandinate il compito di cancellare la patina verginale. Le piogge d'autunno avrebbero pazientemente inciso le rughe che la natura ramifica nel segreto di un corpo femminile. Il gelo degli inverni, oltre che a dilatare la fessura, avrebbe accentuato la tumescenza delle grandi labbra, dando rilievo alle ninfe e al monte di Venere.

E sarebbe cresciuto un muschio che si sarebbe diffuso, adombrando la peluria di un pube. Qualche roditore sarebbe sgusciato all'interno. Avrebbero aggiunto qualcosa, alla verosimiglianza, anche le garzette a caccia di ranocchie, il martin pescatore e la moretta. Altra suggestione – della fecondità – dalle farfalle che depongono uova luminose come lucciole. Gli abitatori di Po avrebbero portato tutti il loro contributo.

«Vieni» mi ha detto Simone, alzandosi di scatto. «Seguimi.»

Si è inoltrato nel sottobosco fitto. Siamo arrivati al tronco di un pioppo, uno dei più alti. L'ho aggirato dietro i suoi passi, con la sua stessa circospezione, fino a trovarmi di fronte a una "scultura" che riproduceva esattamente ciò che io avevo descritto.

«Guarda. Sono stato bravo?»

Gli ho confermato che persino Ligabue sarebbe rimasto stupefatto. Ero sincero. Sembrava che, a scolpire il tronco, fosse stata la sua mano.

Simone accarezzava, assorto, il sesso femminile che aveva intagliato basandosi sulle mie pagine. Lo fissavo, con il suo sogno, nelle mosse leggere delle dita, quasi cogliesse l'essenza viva, umanissima, di quei segni. Amava quel sesso come se non fosse stato lui a inciderlo, ma la natura stessa che in quel momento glielo offriva, col dono felice che le donne gli avevano sempre negato.

A testa bassa, confuso, mi ha condotto per il braccio:

«Ospite mio» ha balbettato all'ingresso. Ma nessuno gli ha badato.

Nel pomeriggio, ai pioppeti, fissandomi e subito distogliendo lo sguardo, aveva azzardato:

«Se t'invito allo Sfizio, ci vieni?»

«Certo, Simone.»

Continuava a ripetere:

«Davvero ci vieni?... Davvero ci vieni?»

Non più una domanda, ma un assillo. Poi si era smentito:

«No. È meglio che non vieni. Perché fa schifo.»

Ho dovuto impormi:

«Ci vengo, Simone. Tu mi hai invitato. E io ci vengo.»

«Però, dopo, non mi rimproveri? Non te la prendi con me?»

Uno di quei locali sperduti fra le paludi, nascosti perché la polizia possa fingere di non riuscire a stanarli: nel buio dove ristagna la melma delle piene, melma e detriti. Le lampadine colorate, a festoni, che avvolgevano il casale, affogavano in una nebbiolina densa di zanzare. Fra i clienti dello Sfizio, chiassosi gli uomini della malavita fiumarola, silenziosi gli altri che davano l'impressione di essere invischiati in qualcosa di più oscuro e sfuggente. Come un brulicare di insetti sconosciuti. Si lasciavano comunque prendere di mira dalle donne del locale, ragazzine ancora, poco più che adolescenti, nonostante il corpo sviluppato: servivano ai tavoli, nel sudore da animale che impregnava l'ambiente, e a turno salivano alle camere del piano superiore, con il cliente che le sceglieva.

Un via vai continuo. Tipi che arrivavano, si ubriacavano in fretta, andavano a fottere in fretta. C'era in tutto questo un che di esasperato, di astioso, di cupo. Simone mi ha fatto strada in quel mare di corpi, stranamente salutato con benevolenza.

Sorprese continue, da Simone. Si è diretto verso la moglie del titolare, che andava e veniva nella sala, dando ordini alle ragazze, e ha aspettato, con pazienza, di richiamare la sua attenzione. Lei si è girata e il ragazzo ne ha subito approfittato per baciarle la mano. Un gesto assurdo, in quel clima, che lei ha ricambiato con un'espressione torbida e ironica. Simone mi ha presentato:

«Questo è un mio amico. Un amico importante.»

Alla donna è bastata un'occhiata:

«Una faccia nota, o sbaglio? S'accomodi accanto a Simone.» E al ragazzo: «Pensaci tu. Tutto ciò che desidera». È sgusciata via, aggiungendo: «Simone non ha mai portato un ospite di riguardo, in questo letamaio. Deve tenerla in grande considerazione».

Il ragazzo si è diretto al pianoforte. Altra sorpresa: un pianoforte a coda, ben tenuto, lucente, comunque assurdo come il baciamano di Simone, che si è seduto allo strumento, ha passato il panno sulla tastiera, ha fissato i tasti risplendere alla luce di una lampada bassa. Sembrava trasformato, sicuro di sé, impaziente di cominciare:

«Aspetto che la signora mi faccia segno che posso.»

La "signora", ovvio, era la moglie del titolare. Ora mi lanciava occhiate, spostandosi dietro il bancone del bar. Non era provocante, non era dimessa, pure, nel suo atteggiamento, c'era un po' di entrambe le cose. Un corpo pieno, ma sfiorito. L'espressione biliosa si alternava a risatine trattenute fra i denti.

«Che impressione ti fa?» mi ha chiesto Simone. «Di una persona gentile?»

Non ho risposto. Mi trovavo in una condizione in cui non c'erano parole da spendere, commenti da fare, c'era soltanto da aspettarsi altre sorprese, altri contrasti paradossali:

«Si chiama Iris.»

Iris ha fatto attendere a lungo il ragazzo, poi gli si è avvicinata sempre scrutandomi:

«Ti do un'ora scarsa. Ma fa' in modo di meritartela. Comincia con *'Na sera 'e maggio.*»

Simone ha obbedito con un fervore immediato. Le sue dita hanno cominciato a correre sui tasti. Era assurdo anche questo: che i clienti si facessero attenti, comprese le ragazze. Ma un'altra sorpresa, la più sconcertante, consisteva nel fatto che Simone suonava con un'abilità che mi è sembrata prodigiosa. Canzoni, motivi popolari, e d'improvviso rapidi passaggi di musica classica. E poi tutto si fondeva in una musica sua, solo sua, con risonanze facili e complesse, nostalgie e timbri dolenti, "allegri" sfrenati, interpretati con un virtuosismo da applauso.

«Simone!...» ho esclamato, con ammirazione.

Non mi ascoltava. Le sue dita componevano un arabesco che aveva il potere di ammutolire la peggiore delle platee. Non guardava la tastiera. Guardava, a tratti, le ragazze che si erano fermate per ascoltarlo:

«Le ragazze mi stanno ammirando, i loro occhi brillano, le bocche... La meraviglia sulle loro bocche. E sono io, sono io...»

Badava, in particolare, alla "signora" che, appoggiata al bancone, aveva lo sguardo perso:

«E anche lei mi ascolta... Ha gli occhi umidi, guarda, lo vedi che ha gli occhi umidi?... Per me, per me...»

Poi la sua confessione rapida, che mi ha impietrito, a bassa voce, tanto che sulle prime non sono riuscito ad afferrare bene le parole, e lui me l'ha ripetuta, mentre, raccolto sulla tastiera, metteva tutto se stesso in un vibrato per dargli la maggior forza espressiva, la canzone di Dalla, *Caruso*:

«Credo che quella sia mia madre, garibaldino... E scusami se ti chiamo come ti chiamava Lisa... Lei non lo sa. Ma io sì. Ne ho le prove.»

Mi sentivo bloccato. Gli ho risposto con le prime parole che mi sono venute:

«Da quanto tempo vieni qui?»

«Due anni. Da quando l'ho scoperto.»

«E non le hai mai parlato...»

«A che servirebbe? Rischierei di non poterci più venire, qua dentro. Almeno vengo qui, e qualche sentimento lo prova, per me... È costretta a provarlo. Si sente come una che mi fa la carità di farmi suonare... È costretta ad ammirarmi, a commuoversi, perché suono bene... E le intrattengo i clienti, che gradiscono.»

«Ti paga?»

«Quella pensa che dovrei pagare io, visto che mi concede il pianoforte... Non accetterei una lira, da lei.»

Un bastone ha picchiato contro il pavimento del piano superiore. Una ragazzetta è salita di corsa. Iris ha gridato:

«Basta musica!»

Simone si è alzato di scatto. È tornato quello di sempre. Aveva la bocca contratta in una smorfia. Gli occhi gli luccicavano come se avesse la febbre. Dirigendosi alla porta, è sembrato colto da una vertigine. Ho dovuto sorreggerlo. La "signora" contava le banconote, le divideva in mazzette e le fermava con un elastico.

«Grazie» le ripeteva Simone. «Grazie.»

Si è chinato e ha fatto per baciarle la mano. Le mani della donna non si sono mosse dalle mazzette di banconote:

«Ho da fare, Simone.»

Me lo sono trovato nella notte che si stringeva al mio braccio. E ringraziava anche me:

«Mi hai aiutato a fare una cosa grande, e non lo dimenticherò mai.»

«Ma cosa, Simone?»

«Confidarmi... Mi hai aiutato a confidarmi per la prima volta nella vita... Se avessi continuato a non confidarmi con nessuno, sarei diventato uno di quei pazzi che ammazzano.»

XII

Le certificazioni...

Comune, Enti pubblici, Società per azioni che agiscono in nome degli Enti pubblici, Catasto. La casa di mia madre gestita per conto dell'INPS. Faccio formale richiesta che sia "volturata" a mio nome, in attesa di essere messa all'asta. La funzionaria mi fissa l'appuntamento raccomandandomi "rapidità d'intenti". La trovo che sbriga pratiche, l'aria annoiata, bella donna, di carattere. Poi mi riconosce, si fa tutta sorrisi, libera il tavolo dalle pratiche, accavalla le gambe, lascia salire la gonna. Capisco che è vogliosa di vita, animata da curiosità. Mi spiega quali documenti servono:

«Anzitutto il certificato di morte di sua madre. Semplice, un salto in Comune... Lo Stato deve sapere con certezza che sua madre è morta» precisa con un sorriso che non le riesce ironico. «E deve saperlo l'Ente pubblico.»

«Crede che allo Stato interessi?»

«Assolutamente no. Ma interessa, all'Ente pubblico, che non si tratti di un inghippo su un decesso postdatato.» Indica le cataste di pratiche. «Sapesse quanti inghippi all'italiana, anche sui sentimenti più cari...»

«Capisco.»

Mi reco in Comune. Faccio una fila di un'ora per il pezzo di carta che certifica, con buona pace dell'Ente, che mia madre non è scomparsa per un inghippo, ma è morta davvero. L'impiegato – anche lui mi ha riconosciuto – è lieto, prodigo di certificati:

«Ne prenda tre, quattro copie. In questi casi, possono sempre servire.»

Lo ringrazio, torno dalla funzionaria:

«E ora servono la sua dichiarazione e le dichiarazioni dei testimoni.»

Chiedo lumi.

«Che lei, accanto a sua madre, era presente, partecipe... Che lei frequentava quella casa con spirito non estraneo, ma possibilmente assiduo, con un'assiduità perlomeno affettuosa...»

«Questo a chi interessa?»

«A nessuno. Ma il principio di assiduità rafforza il principio di necessità per quanto riguarda la locazione dell'immobile.»

Di nuovo, chiedo lumi sul testo da redigere. Lei mi consegna foglio e penna. Benevola, un po' emozionata:

«Va bene, glielo dico io. Anche se capirà il mio imbarazzo. Io che insegno cosa scrivere a uno scrittore come lei.»

Scrivo sotto dettatura:

«"Io sottoscritto, consapevole delle sanzioni penali previste per il caso di dichiarazioni false...» Si interrompe. «È la prassi. "Dichiaro di aver convissuto con mia madre, Cantadori Giuseppina, nell'appartamento da lei condotto in locazione, sito... eccetera, eccetera... con una dedizione costante"» mi scruta con un sorriso incerto. «Le va bene "dedizione costante"?»

«Ma come fa, lo Stato, a sapere che questa "dedizione costante" fu vera e non una falsità punibile con una sanzione penale?»

«Scatta la supposizione di verità. La verità è così opinabile che, quando sono in gioco gli affetti, la si può persino supporre.»

«Capisco.»

«Per quanto riguarda le testimonianze, inquilini del palazzo, persone che hanno assistito sua madre nei suoi ultimi mesi, più o meno la stessa cosa: il sottoscritto, o la sottoscritta...»

La precedo:

«"Consapevole delle sanzioni penali previste per il caso di dichiarazioni false"...»

«Esatto. Vedo che sta imparando.» Ci riflette un attimo: «Aggiunga testualmente: "Dichiaro che il soggetto dichiarante" ossia lei "divideva con sua madre l'appartamento sito... eccetera, eccetera... Ove l'ho incontrato moltissime volte e nel quale lavorava, dormiva e consumava i pasti"». Mi fa notare: «Questo del consumo dei pasti è un dettaglio importante».

«Lei dice?»

«La miglior prova che un immobile è indispensabile consiste nel suo essere adibito a mangiatoia domestica... Ecco, disponga questa documentazione, la faccia certificare da un notaio, e me la riporti.»

Predispongo. Perdo altre due ore dal notaio. Riporto. Lei mi conforta:

«Può stare tranquillo. La casa di sua madre sarà nelle sue mani fino al giorno dell'asta. Se poi riuscirà a vincere l'asta...»

«Secondo lei, quanto, a occhio e croce?»

«Difficile prevedere. Questo è il tipico caso in cui scatta il capriccio degli offerenti. Intendo che può influire la circostanza che lo stabile abbia ospitato la vita di uno scrittore noto e di sua madre. Entriamo nella categoria degli immobili cult.»

«Come potrebbe essere valutata questa vita?»

«Sul miliardo, un miliardo e mezzo. Non dovrebbe essere di più.»

La ringrazio. Sto guadagnando l'uscita. Lei mi richiama:

«Sa, non ho osato dirglielo prima. Ma mi è capitato di leggere qualche sua poesia... Be', mi ha toccata.»

«Ne sono lieto. Ora mi rendo conto che scrivere, a volte, serve.»

«Serve, dottore. Tranne che...»

Indica, con un ampio gesto, le cataste di pratiche che la soffocano.

Mi ero battuto, in quei giorni, con un altro mio compagno di classe, l'Ernesto Marchi, che ai tempi del Liceo Romagnosi avevo ribattezzato l'"Oblomov della Bassa", con buona pace di Gončarov. Mi aveva apprezzato, l'Ernesto, per un nome di arrendevole battaglia che, diceva, gli cascava a pennello:

«Voi vivete di grandi aspirazioni, tu come poeta, e posso anche capirlo. Ma la ragazzaglia che occupa indegnamente i banchi di questo illustre liceo? Studiate, sgobbate, sperate. Per cosa? Diventare avvocati, notai, ingegneri? Noia, grigiore, figli meglio cretini che delinquenti, mogli che ti fanno becco. La carriera! Ma quale carriera? In una gerarchia, ognuno sale, sale finché raggiunge il suo livello massimo di incompetenza.»

«È tua?»

«Non so se è mia, forse l'ho letta. Ma è sacrosanta. Io sono e sarò incompetente. Ho l'umiltà di riconoscerlo, e insieme la superbia di affermare che se l'incompetenza è la mia arte, io questa arte la coltiverò con la minor fatica possibile... La carriera del ramarro! Pensalo, il ramarro: lì, fermo, che si gode il sole, ma al momento opportuno sa dove guizzare, intanarsi... L'importante è imbucarsi nella tana giusta, e atteggiarsi a tuttofare senza fare niente, lasciando agli altri che smaniano per emergere. Tu, da ramarro, gli dai corda, lodandone l'operosità, e ti godi anche la loro gratitudine.»

Avrei dovuto apprendere qualcosa, dall'Ernesto.

«Che ne sa la ragazzaglia che ci circonda, che si fa raccomandare a destra e a manca? La miglior raccomandazione, credimi, è non far ombra a nessuno.»

L'Ernesto, in fondo, era da ammirare. Si era mantenuto fedele a se stesso. Aveva portato borse a segretari di sezioni di partito, assessori, sicari d'azienda, ed era finito come tuttofare al Comune, con soddisfazione del sindaco, che poteva addebitare impunemente a lui il fatto che, in certi settori, non si facesse nulla.

Era stato l'assessore a girare la mia pratica all'Ernesto: «L'uomo che ci vuole, siete stati persino compagni di scuola».

Da quel momento non gli avevo dato pace: telefonate, appuntamenti, persino velate minacce... Per una faccenda semplice che sembrava invece complicatissima: affinché mia madre potesse avere una sepoltura più degna, almeno un loculo, un piano rialzato, ma fuori da quel sottosuolo oscuro, fetente, con le casse accatastate.

Mi ero dichiarato pronto a pagare, dato che circolava la solita voce: che la vita e la morte, oggi più che mai, hanno un punto in comune, non addebitabile a Dio. Per tirare avanti al meglio nella morte, esattamente come nella vita, bisogna ungere le ruote giuste.

«Dammi una mano, Ernesto.»

«Appena si apre uno spiraglio.»

«Ma quando si apre? Con mio padre, che è morto da dieci anni, non si è ancora aperto. Sono pronto a pagare, ti ripeto. Tu dimmi a chi e il quanto, e io pago.»

«Non ti infliggerei mai un'umiliazione del genere.»

«Infliggimela, purché mi trovi una sepoltura per mia madre di cui non debba vergognarmi.»

Era sincero, l'Ernesto, lo sentivo:

«Ti darei tutto il cimitero, se fosse per me. Ma è colpa nostra se oggi la gente ha il brutto vizio di morire come le formiche? Un tempo era diverso. Oggi muoiono talmente in tanti che sembra una moda morire.»

La morte confermava la sua teoria: che serve farci qualcosa? Serve godersi quel po' di sole fin che si può, lì, belli fermi, poi addio al ramarro.

«Vieni, ti offro un caffè.»

Si finiva a un bar di piazza Garibaldi. Lui riprendeva il discorso:

«Dico parole a vanvera, perché si fa meno fatica, ma sotto le mie parole i concetti ci sono, quelli importanti che gli altri faticano a tirar fuori con discorsi pesanti come pietre. Non sono cinico. Anche il cinismo, che sforzo, Dio mio, come la crudeltà, non credere.»

Nell'ultimo incontro, mi ha messo a parte di una sua scoperta:

«Sai che ti dico? Una cosa che ho scoperto solo di recente, andando avanti negli anni, e ha sbalordito anche me.» Ha compitato: «Io... sono... un onesto!».

È rimasto a riflettere, silenzioso, scuotendo la testa:

«È il fare che rende disonesti.»

Si è alzato, mi ha abbracciato, affermando con vigore:

«Contaci, stavolta. Tua madre era una gran persona, gentile con me quando da ragazzo le esprimevo le mie teorie. Mi diceva: "Vada per la sua strada, Ernesto, vada, tanto non facciamo mai le cose che desideriamo, cerchi piuttosto di fare bene ciò che non fa. A meno che..." e rideva, maliziosa. "Non si tratti del così fan tutte. Oggi, davvero, così fan tutte... Vaghèzie! Vaghèzie!"»

In tempi rapidi, mi aveva assicurato. Ma un po' di tempo sarebbe stato necessario.

Invece l'Ernesto mi ha telefonato il giorno dopo:

«No, nessun miracolo. Ma una cosa strana c'è... Tipo vaghèzia.»

Dovevamo parlarne a quattr'occhi. Ci siamo incontrati.

«Allora, questa vaghèzia?»

«Hai presente il Mora? Domanda sciocca, lo so bene. Uno come te deve averlo tenuto presente ogni giorno della sua vita, uno come il Mora.»

Mi sono limitato a esclamare:

«Il Mora!»

Mi ha visto stordito. Ha lasciato che mi calmassi:

«Il cavalier Mora... Che a novant'anni passati, ha ancora le gambe per attraversare la città, avanti e indietro, tutte le sante mattine, nonostante il bastone. Come se la città fosse sua... Il cavalier Mora che è ancora capace di buttare il bastone e farsi partite a golf. Vedi? Lui non ci crea problemi di sepoltura. Si è impietrito dentro la vita come un monumento, e chi lo smuove più, quello, dalla vita? È come il *Mosè*, con la differenza che parla senza bisogno di scagliargli il mazzuolo.»

«Parole che hanno fatto a pezzi parecchi.»

«E insiste. Butta lì le solite bestialità che non sai mai se siano perverse, paradossali o vere. A volte sono vere. Certe strigliate al sindaco... I suoi operai di un tempo se lo sognano ancora la notte come un demone viperino.»

«Al dunque?»

«Ai tempi suoi, il Mora si fece costruire una cappella funebre di famiglia, con l'idea di finirci, ma ultimo della lista familiare, insieme alla moglie e ai due figli. Senonché la moglie scappò con un altro, e credo sia sepolta in Svizzera. I due figli, poi, vivono in America, e si rifiutano di vederlo, persino di parlargli al telefono. Mi chiedo che grandi delitti abbia commesso quest'uomo, per essere tanto detestato.»

«Sono i piccoli delitti... I piccoli... Che portano un uomo a non essere un uomo.»

«Comunque, quella cappella è vuota. Il Mora ha insistito perché il Comune se ne appropriasse. Ma che ce ne facciamo di una cappella vuota che sembra una villa sul mar dei Caraibi?»

«E magari in cambio pretende...»

«Meglio che non te lo dica. Resta il fatto che si sente immortale, e vuole disfarsene.» A questo punto, l'Ernesto ha borbottato: «Ma a te... A te è pronto a darla in donazione. Scritto e sottoscritto».

Mi ha allungato un foglio. L'ho lasciato fra le sue dita:

«Grande, il Mora. Bisogna riconoscerlo. Una provocazione da maestro! Vita e morte per lui pari sono, fino all'ultimo respiro... Per godersi lo spettacolo di qualche suo nemico messo in ginocchio, alle prese con la propria coscienza.»

«E se non la fosse, una provocazione? Possibile che un soffio d'anima, almeno un soffio, mai?... Di tua madre, in fondo, è stato innamorato davvero, alla maniera sua, bestiale, però gli è rimasta ficcata in testa.»

«Sì, una cosa se l'è portata dentro, come uno sputo sul suo cuore, e questa cosa è la dignità di mia madre. La dignità, specie di una donna, quando è grande, è l'unico mostro che fa paura a uno come il Mora.»

«Chissà. Però era mio dovere riferirti, e l'ho fatto.»

Me ne sono venuto via, esclamando:

«Gran burattinaio, il Mora!»

Era un mondo a sé stante, il candido mausoleo del Mora. Come quei mausolei in cui di solito langue la storia delle generazioni. Mancando le generazioni, nella costruzione languiva maestosamente la storia del nulla. Racchiudeva in sé il silenzio, non dei defunti, ma del nulla. Si ergeva in un ampio prato, tenuto con cura. Pareti bianche, come dipinti del nulla, entro cornici dorate. L'acqua che zampillava dalle due fontane laterali, benché con riflessi dorati sotto i raggi del sole, sembrava sognare, se non un fiume creato da una sorgente, almeno un ruscello, un ruscelletto, dove scorrere fra la melma viva.

La nebbiolina delle albe di fine estate vi galleggiava sopra come se volesse starsene alla larga. Capivo come la solitudine possa sentirsi solitudine, ed esserne disperata. E come il mondo, a ben vedere, una coscienza, un filo di coscienza ce l'abbia, se si rifiuta di stare in armonia con una cosa che comunque appare. I due angeli, ai piedi della piccola scalinata, non avevano mai avuto nozione di Dio, né conosciuto il ritmo, anche mortale, delle ali. Avevano il volto inespressivo di chi ha ricevuto l'incarico di accogliere ciò che non esiste, ciò che non è mai esistito. L'unica presenza mobile era un topo che, scappando impazzito qua e là, cercava invano una via di fuga, come se le sue zampe scivolassero su uno strato di ghiaccio. Una cappella di famiglia costruita su misura per il battito smarrito del cuore di chi aveva la sventura di fissarla.

Era quella la morte vera.

Guardavo la morte vera per la prima volta.

Il lucido pavimento del Mora

«Nelle pungenti mattinate d'inverno, cara madre, tu venivi su da questa salita, dopo esserci arrivata col tram zeppo di gente come te, che andava a lavorare allo sbando, e te la facevi a piedi, una salita lunga, tortuosa, che toglie il respiro, e mi chiedo come ci riuscivi, infagottata, rabbrividendo, e io infagottato con te, rabbrividendo con te, perché mi portavi in pancia...

Mentre salivo in macchina alla villa del Mora, ti immaginavo col fiato tagliato, le gambe tagliate, la schiena che luccicava di brina, e con la brina nei capelli. Avevi paura dei due cani, ma ti abbandonavi, già stanca, contro la cancellata, finché qualcuno non ti veniva ad aprire. Avevi paura non per te, ma per me, col rischio che i cani ti saltassero non alla gola, ma alla pancia.

Non è cambiato niente nemmeno in quella villa, non cambia mai niente nei luoghi deputati di un'esistenza, specie se sono i peggiori. Ho superato la cancellata, mi sono avviato per lo scalone interno, ho immaginato di seguire il tuo tragitto, di mettere i miei passi sui tuoi passi di allora, fino a raggiungere il pavimento del salone centrale, dove il Mora già ti aspettava accomodato in una poltrona per guardarti sputare sangue sul pavimento. Per ripeterti:

"Buttalo a mare, quel figlio".

Nessuno mi voleva. Solo tu. E ti saresti fatta ammazzare piuttosto che liberarti di quella pancia piena di me. E ti trascinavi carponi su quel pavimento in cui ora stavo per mettere piede, e con una mano ti tenevi il ventre pieno di tuo figlio, con l'altra impugnavi lo strofinaccio e pulivi, pulivi sotto gli occhi del Mora, creando, uno dopo l'altro, piccoli laghi di lucentezza che ti specchiava.

E il Mora insisteva:

"Quel figlio ti sta togliendo la gioventù. Perciò liberatene, uccidilo, che vuoi che sia? Questione di un attimo, lo fanno tutte quelle che si trovano nelle tue condizioni. E subito torni Lisa la bella, che non c'è uomo che non vorrebbe averti".

Ti avrebbe coperta d'oro, il Mora, se l'avessi accettato. Era anche un bell'uomo, il Mora, e la sua fissa per te era sincera. Ma tu eri innamorata di mio padre, e un giorno gli hai scagliato lo strofinaccio in faccia. E lui neanche si è preso la briga di toglierselo, rideva sotto la maschera dello strofinaccio, rideva e ripeteva: "Cascherai dal pero, Lisa...".

E una volta ti ha fotografata. L'altra mattina, mentre il Mora aspettava che mi avvicinassi, me la portavo nel taschino della giacca quella fotografia, me la portavo sul cuore, con la tua immagine che è stata il mio chiodo per anni: il tuo volto girato di scatto al lampo della macchina fotografica che ti aveva colto di sorpresa, intanto che sfregavi il pavimento, i tuoi tratti alterati dallo sforzo, il sudore che ti scendeva a spegnere il brillìo degli occhi, le labbra tese sui denti: sdegno, rabbia, dolore fisico, bianche le nocche della mano che comprimeva il ventre.

Finché non mi sono trovato davanti a lui, non ho guardato la faccia del Mora. Ho tenuto gli occhi fissi sul pavimento, individuando i punti dove avevo diviso con te la stessa umiliazione. Nello sguardo del Mora non si leggeva nulla: né ironia, né nostalgia, rimorso. Il suo volto era simile alla sua cappella di famiglia. Nessuna vena pulsava, nessuna vibrazione nelle sue dita. Era già sepolto in se stesso... Ha abbassato le palpebre quando mi ha chiesto:

"Allora, cosa sei venuto a dirmi?"

"Sono venuto a darle qualcosa che le spetta, di cui la sua memoria ha diritto, specie ora che la sua memoria sta morendo insieme a lei."

Gli ho messo la fotografia fra le mani. È rimasto a fissarla con le mani appoggiate alle ginocchia. Quando ha sollevato finalmente lo sguardo, io ero già sulla porta, che mi giravo ancora una volta verso il pavimento lucido, sparivo.»

Avevo già sistemato le valigie nel bagagliaio. Simone mi è apparso accanto. Prima di salire in macchina, gli ho detto:

«Ciao, Simone. Torno presto.»

«Ciao, garibaldino.»

Indice

«Tu che mi ascolti»
di Alberto Bevilacqua
Oscar bestsellers
Arnoldo Mondadori Editore

Questo volume è stato stampato
presso Mondadori Printing S.p.A.
Stabilimento NSM - Cles (TN)
Stampato in Italia - Printed in Italy

55152
2006